Début d'une série de documents
en couleur

LÉO TRÉZENIK

LES GENS

QUI

S'AMUSENT

PARIS

NOUVELLE LIBRAIRIE PARISIENNE

E. GIRAUD & Cie, LIBRAIRES-ÉDITEURS

Fin d'une série de documents
en couleur

LES GENS QUI S'AMUSENT

LÉO TRÉZENIK

—

LES

GENS QUI S'AMUSENT

PARIS

NOUVELLE LIBRAIRIE PARISIENNE

E. GIRAUD & Cⁱᵉ, LIBRAIRES-ÉDITEURS

18, RUE DROUOT, 18

1886

1873

LES DESSOUS DE LA DUCHESSE

LES DESSOUS DE LA DUCHESSE

h bien! vous savez la nouvelle?

« — Oui. La forteresse de Chu
« est en notre pouvoir, et les Chi-
« nois se sont évanouis, du côté
« de LangSon, laissant 3,000 des
« leurs sur le « carreau. »

« — Il s'agit bien de la Chine...

« — Eh! savez-vous que la Bourse...

« — Je vous parle de la fermeture, par
« ordre de justice, du théâtre des Fantai-
« sies-Pastoures.

« — Comment! les Fantaisies...

« — Les scellés sont aux portes, vous
« dis-je. »

Telle était l'inquiétante rumeur qui circulait, au galop, certain soir, sur toute la ligne des grands boulevards.

Hâtons-nous de rassurer nos lecteurs. Aucun théâtre, pas le plus mince concert, pas même le plus inavouable *beuglant* n'a été fermé, par ordre de justice, ainsi que le colportaient complaisamment, ce soir-là, des oiseaux de sinistre augure. Mais comme il n'y a pas de fumée sans feu, — j'emprunte à mon éminent ami M. Cliché cet axiome d'une indiscutable évidence, — voici, avec tous les détails qu'ils comportent, les faits qui, dénaturés, ont donné naissance à ce racontar.

Le théâtre des Fantaisies-Pastoures vidé par la machine pneumatique d'un guignon inexorable, et ne faisant plus un décime depuis quelques semaines, se vit un beau soir acculé à une faillite, sinon déshonorante, du moins désastreuse. La fin de la semaine était grosse d'échéances, et, d'ici là, il fallait, pour parer à la chûte irrémédiable, trouver une quarantaine de mille francs, c'est-à-dire faire salle comble, ces derniers huit jours.

Mais avec quoi?

Les clowns étaient démodés, les acrobates ennuyaient, les pantomimes luxaient les mâchoires à force de provoquer les bâillements ; et quant aux prestidigitateurs, ils avaient, sous les costumes les plus divers, à ce point rebattu les oreilles du public de leurs boniments fatigants, fleuris de calembours ressassés, que c'eût été un sauve-qui-peut général si les quatre-vingt pelés et les cinquante tondus qui se risquaient aux Fantaisies-Pastoures avaient seulement entr'aperçu le bout pointu du moindre bonnet de magicien.

Alors quoi ?

Les Parisiens, aussi bien écœurés du vide des maillots que de la banalité des lions qui n'avaient même pas écharpé un seul dompteur depuis quelque dix ans, allaient finir par désapprendre le chemin qui menait aux Fantaisies-Pastoures, si l'on n'étonnait Paris par l'imprévu d'une nouveauté *à sensation*.

Et le Directeur, tout en s'épilant soigneusement de ses dernières mèches, avoua à sa femme, la jolie madame Raquetti, une intense blonde à peau fine dont le teint avait vingt ans et le buste l'impertinent épanouissement de la trentaine, qu'il ne trouvait rien, oh! mais là! rien! absolument rien!

Madame la Directrice qui était une femme de sens (et je l'entends dans le bon), avait jusqu'au bout et sans l'interrompre, écouté le monologue jérémiesque de son mari.

Quand il eut fini et qu'il n'eut rien trouvé de mieux que de s'affaler, à bout de courage et de voix, les bras ballants et la tête à la dérive, sur l'unique canapé du petit salon conjugal, effroyablement grenat, Madame Raquetti dit simplement :

— Eh bien moi, j'ai trouvé.

Son mari retrouva pour bondir ses jambes d'ancien clown :

— Tu as trouvé, toi? tu as trouvé? mais qu'est-ce que tu as trouvé? Parle donc, au lieu de me regarder avec ce calme qui me fait bouillir....

— Quand M. Raquetti aura fermé les écluses de son inutile bafouillage, je lui affirmerai, à nouveau, que je tiens le moyen — un moyen tout battant neuf — de faire accourir tout Paris chez nous. Mais, pour qu'il réussisse, ce moyen doit être tenu secret. C'est pourquoi je le garde pour moi. Votre rôle, à vous, c'est de courir chez Chéret, commander un gigantesque dessin-affiche, genre américain, qui représentera une femme simplement habillée de sa chemise et de ses bas, faisant des exercices sur un fil, à quelques mètres de hauteur, sans filet, au-dessus d'un public nombreux, le nez en l'air. En haut de l'affiche ceci, simplement : *théâtre des Fantaisies-Pastoures* ; en bas : DÉBUTS *de la* DUCHESSE *de Paralès*. Ah ! un détail : il faudra que la femme soit masquée.

— Je ne comprends toujours pas...

— Et, maintenant, je vous *permets* de sortir, termina Madame Raquetti avec un geste significatif. Vous n'avez que le temps de tout préparer, car il faut que Paris se réveille tout entier demain matin sous les affiches, pour qu'il soit, le soir, tout entier chez nous. Ce soir, à huit heures précises, et *pour nous deux seulement* — car je ne veux pas qu'une seule indiscrétion soit commise par ces sacrés faufilards de reporters — répétition générale des *débuts* de Madame la duchesse de Paralès. Allez.

Les immenses affiches lithographiques, où cascadait une femme polissonne, produisirent si bien leur effet que le soir, dès huit heures, on « refusait du monde » suivant la formule d'usage, à la porte des Fantaisies-Pastoures.

Après une demi-douzaine de *numéros* insignifiants, opérettes de derrière ou de dessous les faiseurs, acrobates amorceurs, uniquement chargés de faire patienter le public, le rideau qui venait de se baisser se leva tout à coup, puis toute une équipe de larbins galonnés et boutonnés d'or se précipita, pour préparer le fameux fil, où devait éclore, tout à l'heure, marguerite impatiemment attendue, cette petite femme blanche qui avait toute la journée galvaudé sa chemise sur tant de murs et enfiévré tant de cerveaux lutéciens.

Soudain, la mousqueterie d'un colossal applaudissement pétarada. C'était ELLE qui entrait en scène!

A cette manifestation spontanée, un étonnement succéda.

La « duchesse » dont on avait annoncé les EXERCICES, était en costume de ville : un costume

noir, très simple, sans bijoux, et clos, par en haut,
jusqu'au cou, alors, que par en bas, la jupe
tombait jusqu'aux pieds qu'elle cachait absolument.
Un détail préoccupait, toutefois, cependant qu'il
titillait d'autre part les papilles nerveuses de la
foule. Au lieu du décolletage habituel et banal, la
duchesse avait innové, tout autour de l'épaule, une
échancrure inquiétante, qui dégageait le bras et
laissait voir, de profil, le pli grassouillet qui commence le bombement du sein. C'était un rien, ce
détail, ce coin de peau entrevu, neige soulignée
d'ambre, mais ce rien était si imprévu et d'un
effet physique si irrésistible que les mains se
remirent, comme tout à l'heure, à battre d'elles-
mêmes, cependant que la « duchesse », les coudes
au corps et les bottines jointes, s'enlevait doucement, le long de la grosse corde qui la menait à
son fil, à la force des seuls biceps dont les lorgnettes percevaient l'ondulation sous le gant
mousquetaire qui lui montait jusqu'aux épaules.

Et c'était si nouveau, si « moderne » si *demain*
plutôt, outre l'effroyable difficulté, qu'une femme
tentât, en costume de ville et sans filet, les toujours

périlleux exercices du fil, que c'étaient maintenant des trépignements, des hurrahs, des *braðaðs*, qui se répercutaient délicieusement da..s le cœur de M. Raquetti.

Le Directeur, devenu malin depuis qu'il avait pressenti que le succès lui arrivait, s'était dit qu'en semblable occurrence il ne faut négliger aucun profit. « Les petits ruisseaux font les grandes rivières » apophtegmisa-t-il. C'est pourquoi il s'était précautionné de plusieurs centaines de lorgnettes qui, mises en batterie au bon moment, décideraient de la victoire — en même temps que la location d'icelles, faite directement par ses garçons de salle, produirait de très palpables bénéfices.

C'est ce qui explique comment, à l'instant où la « duchesse », prenant son équilibre sur un pied et se servant de l'autre comme de contre-poids, se renversait en arrière, les reins arqués et ses cheveux d'or enveloppés de lumière électrique, dans une position qu'on dit « le dernier mot du genre », l'on entendit tout à coup, glapi simultanément dans tous les coins de la salle :

— « *Location* d'lorgnettes ! qui veut d'bonn'
lorgnettes ? »

L'attention était tellement surexcitée qu'il ne se
trouva pas un gouailleur pour « blaguer » l'à propos avec lequel arrivaient les lorgnettes.

On se les arracha littéralement. Elles faisaient
prime ; et les garçons qui avaient reçu l'ordre de
n'en pas lâcher une seule à moins de trois francs,
purent louer jusqu'à dix francs les grosses, celles
dites « jumelles marines », sous le prétexte qu'elle
rapprochaient l'objet visé à tel point que même
les gens de mince imagination se persuadaient
qu'ils avaient le « nez dessus ».

Le succès, à n'en pas douter, se dessinait colossal. A part quelques prudes un peu mûres, ou
quelques mères de famille par hasard fourvoyées
aux Fantaisies-Pastoures, et qui protestèrent
bruyamment, par leur départ indigné, contre l'im-
moralité de cette choquante exhibition, on fut généralement d'avis que le régal offert ce soir là par les
Raquetti au palais blasé des parisiens était d'un
incomparable ragoût.

Or, cela n'était qu'un prélude, car comme si ce

n'était pas déjà assez d'audace, la duchesse qui venait de lancer ses gants sur la scène, dégraffa lentement son corsage qui prit le même chemin que ses gants, puis sa lourde jupe de faille noire, puis son grand jupon blanc qui s'envola, semblable à un immense goëland, par dessus la rampe, en secouant sur les spectateurs, que poignait la stupéfaction, une grisante atmosphère d'iris et de verveine; et, tout à coup elle émergea, toute albe et rose, simplement vêtue de son corset-cuirasse de satin blanc et de son coquet pantalon zouave à poignet de malines.

De l'orchestre aux loges et du pourtour aux baignoires d'avant-scène, ce n'était plus qu'un trépignement incessant, souligné d'une sorte de râlement continu, enflé de seconde en seconde de renforzando épileptiques.

Et toujours, à la cantonnade, ce refrain qu'on ne percevait plus qu'à peine :

— Lacation d'lorgnettes! qui veut d'bonn' lorgnettes?

Soudain, comme l'audacieuse débutante lançait son corset au larbin chargé de le cueillir au vol, un monsieur écharpé des trois couleurs nationales pénétra violemment et bruyamment sur la scène. La Pudeur publique se révoltait enfin, et, averties par elle, la Force et l'Autorité arrivaient pour faire « cesser le scandale ».

Le commissaire était-il prévu? Les Raquetti avaient-ils à l'avance escompté la réclame de cette visite? Question grave! Toujours est-il qu'en scène tous s'étaient respectueusement rangés sur son passage, mais qu'à son « au nom de la loi »... la foule seule répondit par un grognement gigantesque, déchiré de stridents coups de sifflets et zigzagué de gouailleries tonitruantes. Puis — la foule est ondoyante et diverse — on s'imagina que le commissaire était dans le programme et l'on s'arrêta de l'invectiver pour s'esclaffer au monologue qu'il allait débiter.

Le commissaire qui était très blême, parce qu'il était très nature, hurla ces mots :

« Madame, au nom de la loi, je vous ordonne de descendre. »

Sans paraître s'émouvoir de cette sommation, la dame masquée avait dénoué tranquillement les cordons de son pantalon et l'avait fait doucement couler le long de ses jambes. Et, cette flottante entrave aux pieds, elle parcourut, en se recoquevillant pudiquement dans sa chemise, toute la longueur du fil, puis, sans hâte, elle revint jusqu'au dessus de la rampe, proche de laquelle se tenait le commissaire. Enfin, par un mouvement brusque, elle se débarassa de sa chemise qu'elle envoya, avec son pantalon, se pelotonner aux pieds du magistrat — et apparut, emprisonnée chastement dans le plus classique et le plus licite des maillots.

Et, sous les huées du public, le commissaire, joué, s'enfuit.

Honteux comme un renard qu'une poule aurait pris

cria un loustic qui savait ses classiques.

Le théâtre des Fantaisies-Pastoures est assuré de faire de si bonnes recettes cet hiver que je ne me ferai pas scrupule de révéler que la « duchesse » de l'affiche, l'acrobate masquée du fil de fer, était tout simplement la très gracieuse madame Raquetti.

MADAME JAQUIN

MADAME JAQUIN

I

i Georges Kerbihan s'était si brusquement arrêté devant le petit magasin de chaussures qui fait le coin de
la rue Bérite et de la rue du Cherche-
Midi, c'est qu'au travers des hautes
bottines de femmes au talon cerclé
de cuivre et à la tige brodée, avec le
plus parfait mauvais goût, de couleurs
voyantes, il venait d'apercevoir, penchée
sur un morceau de chevreau auquel elle
cousait des élastiques, la silhouette invraisemblable, mais trop connue pour qu'il s'y
trompât, d'une ancienne *grelotteuse* haut
cotée sur l'asphalte parisien.

Antonia derrière cette vitrine! Antonia rape-
tassant de vieilles pantoufles!.. C'était inouï et
pourtant cela était. Il la reconnaissait bien, malgré la mince robe de beige sous laquelle pointaient,
encore vaillants en vérité, ces seins merveilleux de
galbe et de cambrure qu'avaient effleurés les
lèvres de tout Paris. Elle avait eu beau dénuder
ses oreilles et ses doigts des bijoux massifs et cli-
quetants qui les alourdissaient jadis, et plaquer,
virginalement, de chaque côté de son front, à force
de cosmétique, l'indomptable cataracte de sa flave
crinière dont autrefois les boucles incoercibles cas-
cadaient jusque dans ses yeux, Kerbihan avait
bien reconnu, sous l'hypocrisie de ses longs cils
noirs dont elle essayait de la tamiser, n'ayant
pu l'éteindre, la flamme fulgurante de ces extraor-
dinaires yeux bleus si profonds et si impudents, si
amoureusement languides à la fois et si lascive-
ment expressifs qu'un faiseur de mots avait dit
d'eux qu'ils « déboutonnaient », synthétisant en ce
verbe audacieux l'effet immanquable produit par
son regard sur les plus impavides.

Par quel inexplicable enchaînement de circons-

tances Antonia la superbe était-elle dégringolée au
fond de cette échoppe, tellement assouplie à cet
invraisemblable métier qu'il la voyait rire, en montrant des dents qui avaient toujours vingt ans, à
un calembour du petit cordonnier. La *pschutteuse*
aux amants jadis irréprochablement *selected*, cousait aujourd'hui des élastiques, de ces mêmes doigts
habitués à chiffonner les paperasses azurées de la
Banque de France, à une bottine — et de combien
vulgaire physionomie! — que venait de ressemeler
son *mari!*

Kerbihan fut secoué du tressaut d'un étonnement. Mais comme cette étrange vision piquait sa
curiosité, il s'acharna dans la contemplation de
l'étalage, dans l'espoir que cette indiscrétion
insolite et obstinée finirait par éveiller l'attention
d'Antonia.

En effet, pendant que le cordonnier, voûté sur
une « forme », tirait le ligneul de ses deux mains
empoissées et que le compagnon, le dos aux vitres,
fignolait un talon à la râpe, Antonia qui s'était
levée pour ranger dans la montre la paire de bottines qu'elle venait de terminer, rencontra soudain,

dans une coulée de l'étalage, le regard interrogatif de Kerbihan, immédiatement reconnu.

Le choc fut si brusque et si inattendu qu'elle recula, blême et hagarde. Mais comme il restait là et lui faisait signe de sortir, elle ouvrit la porte sous le prétexte d'une course à faire, et passa devant lui, effroyablement pâle.

Ce ne fut que dix minutes après, dans la solitude de la petite rue Eblé, qu'il l'aborda.

— Et depuis quand, très chère, gouailla-t-il, cousons-nous des élastiques aux souliers des petites gens?

— Dis-moi tout de suite ce que tu viens faire ici, articula-t-elle d'une voix rauque, et ce que tu veux de moi.

— Quand ce ne serait, riposta-t-il, que t'entendre raconter ton petit roman, dont le dénouement est un chef-d'œuvre d'originalité et d'imprévu....

— Ecoute, murmura-t-elle très vite, avec l'effroi d'être vue par quelqu'un du quartier, je suis mariée et heureuse. Qu'importent, à toi surtout, les circonstances qui m'ont amenée là? Sache seulement que mon mari ignore mon passé. J'ai été prise tout d'un coup d'une fringale de vie tranquille, d'une inapaisable soif d'honnêteté que ta perversité persiflerait vainement. Sache que j'ai conquis, — au prix de combien et de quelles diplomaties, le récit en serait trop long, — le droit d'être respectée. Oh! raille si tu veux, mais si, en dépit de ta pose dont, entre nous, jamais je n'ai été dupe, il te reste un peu de cœur, tu désapprendras le nom de cette rue où tu m'as retrouvée.

— Veux-tu que nous élucidions cette délicate question, ricana-t-il, dans un huis clos discret à quelques francs les deux heures.

Et il lui désignait du regard un petit hôtel meublé qui ouvrait, à quelques pas de là, son long corridor noir dont l'entrée était défendue par une petite barrière à claire-voie, où pendait une sonnette, au bout d'un ressort.

— Mon passé est mort, mon cher, et je ne veux pas, même en ta faveur, essayer de le galvaniser.

— Il ne me déplairait pourtant pas de *documenter* si ton art a gagné ou perdu au contact de ce rustre.

— Et... c'est l'unique raison que tu as à me donner? s'enquit-elle, un peu piquée.

— En vérité oui, la seule. Peut-être ne te vou-
drais-je plus demain, mais aujourd'hui ma fantaisie,
la seule loi à laquelle il me convienne d'obéir, me
pousse à te demander le sacrifice de ces quelques
années d'honnêteté par lesquelles tu as l'outrecui-
dance de te régénérer. En un mot, ce n'est pas
Antonia que je veux, c'est madame Jaquin, pour
voir en quoi, comment et combien la cordonnière
diffère de la grelotteuse.

— Et bien, mon cher, il est inutile de dialoguer
plus longtemps. Ta fantaisie est malsaine et je n'y
céderai pas.

— C'est ton dernier mot!

— Oui.

— Alors, à bientôt.

II

Une heure après, comme Kerbihan était retourné
à son poste d'observation et lorgnait Antonia d'un
monocle trop évidemment impertinent, avec une

insistance particulièrement agaçante, le petit cordonnier, sans que sa femme, l'estomac affreuse-
ment serré, osât le retenir, sortit de sa boutique et
s'avança vers Kerbihan.

— Monsieur Jaquin, probablement, interrogea
Georges, impassible?

Le petit homme sursauta.

— Comment savez-vous mon nom?

— Il vous intéressera peut-être de savoir que
mes dignes parents, en cela fort condamnables,
ont « cru de leur devoir » de me faire apprendre à
lire.

Et du bout de sa badine, Georges montrait au
cordonnier le dessus de sa devanture où se pavanait le nom de Jaquin en énormes lettres jaunes
ombrées de marron.

— Mais peut-être, continua Kerbihan imperturr-
bable, peut-être serez-vous aise d'apprendre que je
connais également bien — *également* n'est pas le
mot, *autrement* sera plus juste — la plantureuse
madame Jaquin, Antonia la Superbe, comme nous
la dénominions jadis...

— Monsieur!

— Oh! veuillez croire, mon excellent Monsieur
Jaquin, que ce *nous* représente un groupe soigneusement trié sur le fameux volet des auteurs. Il y
avait Muliébreux, un madré qui a fait son chemin
depuis ce temps-là, un fin orateur, très goûté à la
Chambre et qui manie l'ironie, cette arme terrible,
comme vous maniez le tranchet. Et l'une coupe
comme l'autre, celui-ci dans le chevreau comme
celle-là dans les peaux d'âne parlementaires. C'est
Muliébreux, au reste, qui avait assumé l'agréable
tâche de parfaire l'éducation, alors assez rudimentaire, de notre chère Antonia. C'est lui qui, le premier, lui inculqua les premiers, inoubliables et
immortels principes, non pas de 89, mais vous
m'entendez. à quelques dizaines près.

— Monsieur, essaya encore le petit cordonnier
en faisant un geste comme pour s'élancer à la gorge
de Kerbihan.

Mais celui-ci, d'une simple pesée de main sur
l'épaule lui faisant comprendre le ridicule de ces
velléités batailleuses, continua :

— Oh! la semence tombait en merveilleux ter-
rain! Antonia devint vite incomparablement experte

en l'art auquel Lesbos eut l'honneur d'attacher son nom. Et c'est précisément ce qui la fit rechercher de Virès qui la chanta dans ses *Ebouriffées*, en vers charmeurs et triomphants. Je gage que vous n'avez pas, dans votre bibliothèque, ce subtil et si intensément aromal volume de vers. Lemerre qui l'édita se fera, palsembleu! un véritable plaisir de vous l'offrir, quand il saura.... »

Et, tout au long, avec une raillerie froide, d'une férocité implacable, il détailla, par le menu, au pauvre mari blafard et aphone d'angoisse grandissante, sans pitié pour ce calme bonheur irrémédiablement brisé, tout le passé nauséeux d'Antonia, qu'elle avait mis tant d'habileté à cacher et tant d'héroïsme à racheter, jour par jour.

— Et maintenant, mon cher Monsieur Jaquin, termina Georges, un dernier conseil. Défiez-vous de votre premier compagnon. Il est jeune, beau comme Eros et taillé pour la lutte... celle qu'Elle aime. Adieu.

Et pivotant légèrement sur ses talons, en soulevant imperceptiblement son chapeau de la main droite, Georges Kerblhan s'éloigna d'un pas tranquille.

III

Deux ou trois jours environ après cette conversation, Kerbihan, en ouvrant un journal du matin, tomba par hasard sur le fait-divers suivant :

« Un Mystère. — Le nommé J..., cordonnier de son état, demeurant rue Bérite, vient de se suicider, à coups de tranchet, hier au soir, sans que rien puisse expliquer cet accès de fièvre chaude. C'était un homme doux et honnête, marié depuis trois ans à une femme qui le rendait parfaitement heureux. On se perd en conjectures. Sa femme est dans le désespoir le plus affreux. »

— Tiens, fit Kerbihan, il faut que j'aille contrôler ce bizarre évènement.

. . . .

IV

Antonia, les délais de rigueur expirés, a épousé le « premier compagnon. » Le suicide de Monsieur Jaquin a eu du retentissement dans le quartier. La maison que cela a fait connaître a pris une rapide importance. Chacun, de la rue de Rennes à la rue de Sèvres et du boulevard Montparnasse au carre-

four de la Croix-Rouge, a voulu venir en aide,
dans la mesure de ses moyens, à la veuve « si
cruellement éprouvée ». A partir de ce moment,
les commandes ont afflué et la joie est entrée avec
l'aisance, dans le petit magasin que l'on parle déjà
d'agrandir en y incorporant la fruiterie d'à côté qui
est à fin de bail.

Kerbihan a trouvé que la Providence protégeait
d'une façon trop évidente Antonia pour essayer de
contrecarrer une seconde fois ses desseins. Il a
fait la paix avec « son ancienne » qui lui a généreu-
sement pardonné — en faveur des résultats. Il
aime à venir de temps en temps, le soir, prendre le
thé avec le couple fortuné, et parfois, en ses heures
de mélancolie, quand le mari est à la cave, à chercher, pour l'hôte bizarre qu'il a pris en affection,
un vieux flacon de vrai cognac, Kerbihan murmure
à l'oreille d'Antonia :

— C'est pourtant à moi que tu dois ton bonheur.

Et Antonia lui répond, avec un sourire de femme
heureuse :

— Chut!!

LA VOIX DU SANG

LA VOIX DU SANG

ans la foule qui suivait le cercueil, silencieuse et recueillie, deux amis du défunt causaient à voix basse :

— Cernay est né à Monthué-sur-Huisne, s'il m'en souvient bien.

— Il s'y est même marié, car sa veuve actuelle est sa seconde femme ; mais la première comptait si peu ! Effroyablement chlorotique, elle s'alita presque au lendemain de son mariage et mourut un an à peine après, d'une phtisie d'abord lente et qui se prit une belle semaine à galoper.

— C'est ce qui explique du reste l'histoire de sa maîtresse que nous sommes peut-être les seuls, ici, à connaître.

— Ah oui ! une grisette de Paris dont, paraît-il, il s'amouracha au point qu'il l'aurait épousée s'il n'avait été marié d'autre part ; on a même dit qu'une enfant était née de cette union.

— Parfaitement, mais comme la mère et la fille disparurent quelque temps après la naissance de cette dernière, et que lui n'en parlait jamais, il est impossible de savoir ce qu'elles sont devenues.

— Bah ! l'amour n'a qu'un temps. Cernay aura, comme tant d'autres, *indemnisé* la mère au moment d'une paternité qui ne devait qu'assez peu le récréer ; puis il aura tout planté là.

— Je me souviens pourtant d'un gros chagrin qu'il eut voilà quelques années, et comme, affectueusement, je lui en demandais la cause, il me répondit d'un air à moitié embarrassé : « Je viens de perdre un ami que j'aimais beaucoup »... Or, je ne sais trop pourquoi, j'ai supposé que c'était sa maîtresse.

— Alors, que serait devenu l'enfant ?...

— Dame, ça, je l'ignore, absolument.

Ils se turent. On était arrivé à quelques pas de l'église. Le corbillard se rangeait, au bas du perron, et des hommes s'avançaient pour prendre le cercueil.

Car, en dépit de la perturbation inévitable que cette innovation devait jeter dans le pays, qui n'en possédait pas, on avait fait venir un corbillard de Nogent-le-Rotrou, la ville la plus voisine. Madame Cernay l'avait absolument exigé, et le cousin Brière qui avait bien voulu se charger, en cette douloureuse circonstance, de toutes les pénibles formalités d'usage, avait fait avertir le curé (qui, routinier et tenace, persistait à imposer ses *charitons* à la famille), qu'il « foutrait » par la fenêtre le premier qui entrerait. Et comme le cousin Brière, ancien capitaine de gendarmerie en retraite, était connu à dix lieues à la ronde pour jeter négligemment un rail, avec sa seule main droite, par dessus son épaule gauche, aucun des charitons si dédaigneusement évincés ne songea à s'exposer aux hasards de la dégringolade promise.

Tout le monde — j'entends les indépendants — à

2

Monthué-sur-Huisne, avait applaudi à cette ini-
tiative donnée par une des familles les plus en vue.

C'est qu'aussi la corporation de la *Charité* fon-
dée, voilà plus d'un demi-siècle, à l'effet de procéder aux enterrements, au temps où les corbillards
n'étaient pas inventés, avait fini par tellement
dégénérer qu'elle était constituée, actuellement, par
la lie du pays. Les *charitons*, comme on les appelait, en manière de blague, n'étaient en vérité, —
les personnes les plus pieuses se trouvaient bien
obligées de l'avouer — qu'un ramassis inqualifiable
de tous les vauriens et les fainéants du pays. Le
vocable *chariton*, dans ce coin du Perche où l'on
n'a guère l'habitude pourtant de bouder devant un
« coup de cidre » était devenu synonyme d'ivrogne.

Il était fréquent, en effet, constant presque, alors
que, bariolés d'oripeaux grotesquement multico-
lores, ils revenaient de *faire* un enterrement dans
la campagne, de les rencontrer titubant le long
des routes, ou par les soirs d'été un peu lourds, en
train de cuver, à l'abri d'une haie touffue, croix d'un
côté et bannière de l'autre, la piquette de l'auberge
ou la *mère-goutte* du paysan.

Bien qu'elle ne fut pas du pays, madame Cernay avait eu tout le temps, depuis les quinze années qu'elle l'habitait, d'apprécier suffisamment la moralité et la dignité de ces singuliers croque-morts, pour exiger qu'on évitât leur malséant contact à ce mari que la mort était venue si inopinément arracher à l'affection la plus paradoxalement sincère qui se soit vue. Ce malheur l'avait surprise si à l'imprévu, le coup qui l'ébranla fut si rude qu'on craignit un instant une congestion cérébrale, et que, n'eut été l'affection qu'elle portait à ses deux fils, deux adolescents superbes, robustes et intelligents, cette tombe qui s'ouvrait se fût peut-être close sur deux cadavres.

Couchée, anéantie, dans une des chambres les plus retirées de la maison, Madame Cernay n'avait entendu ni enlever le cercueil dont on venait de visser le couvercle, ni s'ébranler le cortège funèbre au bruit monotone et dolemment rythmé des psalmodies funéraires. Elle songeait, les yeux vides de larmes et le regard fixe, cependant que serpentait au travers des rues de la petite ville la longue file des parents et des amis grossie des habitants qui,

presque tous, avaient tenu à honneur d'accompagner le corps de M. Cernay, elle songeait, la désolée
veuve, qu'elle perdait tout en perdant un mari
dont l'affection ne s'était pas un seul instant
démentie et qui lui avait fait un bonheur dont
l'azur ne s'était jamais terni.

Née d'une mère qui l'avait laissée orpheline à
l'âge de deux ans et d'un « père inconnu » qui tous
les mois envoyait à la tante de Pontivy, qui l'avait
recueillie, le billet de mille francs suffisant ample-
ment à tous leurs besoins; en butte à l'outrageant
mépris dans lequel la sotte pruderie provinciale
isole les bâtards, elle s'était vue, vers l'âge de dix-
huit ans, sollicitée en mariage par un riche voisin
de campagne qui était venu, depuis peu, habiter les
environs de Pontivy.

Quelques entrevues avaient suffi à cette âme
blessée, au flair affiné par une mysanthropie pré-
coce, à cette âme vibrante, mais défiante et repliée
sur elle-même comme les feuilles de la sensitive
qu'a froissée la brutalité d'un contact, pour apprécier l'exquise bonté de cet homme qui semblait être
venu à elle pour le motif qui en écartait les autres.

Aussi cette demande en mariage fut-elle, en même temps qu'un scandale pour tout Pontivy, un baume curateur pour sa blessure avivée sans cesse par les hostilités ambiantes qui ne désarmaient pas. Du reste, dès le lendemain de son mariage qui défraya longtemps la chronique de Pontivy, Monsieur Cernay emmena sa femme, pour la soustraire aux cancans, dans sa propriété de Monthué-sur-Huisne, une coquette villa blanche embaumée de clématites et de seringas et bordée d'une rivière qui coulait, poissonneuse et tranquille, aux pieds de polonias touffus et de saules lacrimants et échevelés. Elle vécut là quinze ans, dans la seule compagnie de ses deux fils qui mirent à peine deux ans à naître, et de son mari qui ne la quittait jamais ; quinze ans d'un bonheur immuablement tranquille, écoulés avec une telle rapidité qu'il lui semblait n'être arrivée que d'hier à Monthué-sur-Huisne avec cet homme qui lui avait tout donné : son nom, sa richesse, ses enfants et sa vie heureuse et respectée.

Puis, tout d'un coup, la foudre était tombée sur la maison calme, bouleversant à tout jamais l'exis-

tence de l'épouse qui avait toujours plus vécu pour
et par le père que pour et par les enfants.

Malgré ses larmes qui ne cessaient de couler, il
fallut bien cependant que Madame Cernay s'oc-
cupât de savoir si son mari, surpris par l'imprévu
de cette mort foudroyante, avait laissé un testa-
ment. Le notaire, mandé par elle, lui déclara que
Monsieur Cernay n'avait rien déposé chez lui qui
ressemblât à une pièce de ce genre ; par conséquent, comme ils étaient mariés sous le régime de
la communauté, Madame Cernay héritait simplement, sans besoin de formalités d'aucune sorte,
de l'immense fortune de son mari. Voici toutefois,
ajouta le notaire, un dépôt confié à moi par votre
mari, il y a, de cela, quelques années, avec la
mission expresse de ne vous le remettre, quoi
qu'il advienne, qu'au lendemain de sa mort. Ce
sont, m'a-t-il dit, des choses absolument confiden-
tielles et qui n'ont nullement trait à des intérêts
pécuniaires.

Et le notaire lui tendit une large enveloppe, assez
épaisse, qui portait comme suscription : POUR MA
FEMME, *quand je serai mort*. L'enveloppe était du

reste soigneusement défendue contre toute indiscrétion, d'ailleurs improbable, par cinq énormes
cachets de cire rouge.

Une fois seule Madame Cernay fit sauter fébrilement les cachets. L'enveloppe renfermait une
longue missive où son mari lui expliquait tout au
long le mystère jusqu'alors ignoré de sa naissance.

La lettre débutait ainsi :

« C'est toute une confession que j'ai à te faire,
ma chère Blanche, ma chère petite femme, une
confession étrange et terrible, capable, si tu n'étais
pas la femme si exceptionnellement éclairée dont
je me suis plu à façonner l'esprit à ma guise, et
l'épouse si profondément aimante que tu t'es toujours montrée ; capable de te bouleverser au point
de tuer en toi ton amour pour ton mari et presque
te faire prendre tes deux enfants en horreur. Mais
je suis bien tranquille, va, ton amour, plus puissant
que le préjugé, ne mourra pas. »

Et, minutieusement, avec un luxe de détails qui
ne pouvaient laisser subsister aucun doute dans
l'esprit de la pauvre femme, effroyablement troublée par cette révélation, Monsieur Cernay lui

apprenait comment son père, « ce père inconnu » dont elle entendait parler pour la première fois, comment son père, marié d'autre part à une femme malingre qui ne fut jamais sa femme, ne put épouser sa maîtresse ; comment celle-ci mourut, laissant Blanche à la garde d'une parente éloignée : comment ce père, *qui n'était autre que M. Cernay*, ne la perdit pas de vue un seul instant et subvint, incognito, à tous ses besoins ; comment il l'aima, non pas comme un père, mais comme un amant ; et comment, enfin, sa femme une fois morte, il l'épousa, *elle sa fille*, parce qu'il l'aimait et qu'elle l'aima, et aussi parce qu'il voulait la soustraire aux atroces et continuelles taquineries dont l'ineptie humaine larde et martyrise la bâtarde, et réparer les injustices et les infamies du sort par ce défi jeté à la Nature, à la Morale et à la Société chevillée de préjugés.

Elle eut un moment de stupeur en terminant cette longue épître. Ainsi cet homme, ce mari qu'elle avait tant aimé, avec le plus pur de son âme comme avec toute la fougue de ses sens ; cet homme qui s'était montré pour elle le plus passionné des amants en même temps que l'ami le plus affectueux, cet homme était *son père !*...

Ah ! il la connaissait bien, lui qui n'avait pas reculé devant cette troublante confession ! En effet, le père disparaissait à cette heure, malgré cette soudaine et inattendue évocation, pour faire place au mari dont le souvenir la remplissait tout entière...

Et tout en pulvérisant, en morceaux impalpables, l'aveu de cette paternité posthumement dévoilée, elle ne pût s'empêcher de s'avouer, — tant cet homme l'avait infiltrée jusqu'aux moelles de son indestructible amour, — que s'il reparaissait tout à coup, à cette minute d'émotion palpitante, c'est encore au cou du *mari* qu'elle se jetterait, sans arrière-pensée absurde, sans fausse honte et sans la moindre rougeur de confusion à ses joues pâlies par la douleur de sa perte.

Et comme ses deux fils venaient d'entrer dans sa chambre, elle tressaillit soudain, frappée, pour la première fois peut-être, de la perfection avec laquelle leurs traits reproduisaient ceux de Monsieur Cernay.

Et, comme malgré elle, elle se prit à songer à cette croyance généralement répandue qui veut que les enfants ressemblent plutôt à leur grand'père qu'à leur père....

COCU

COCU

insi qu'il le faisait tous les jours avec la régularité chronométrique d'un réveille-matin dont la ponctualité ne s'était pas détraquée d'une seule minute, une seule fois, depuis les cinq ans qu'ils vivaient ensemble, Jacques Bouvet heurta légèrement du dos de la main la porte de la chambre de son ami Victor Béchard, alors que huit heures sonnaient à toutes les horloges du voisinage. Celui-ci — comme tous les matins — répondit par un grognement enroué, puis le sommier craqua.

Béchard se levait.

Employés tous les deux dans la même administration, et amis depuis l'enfance, ils avaient trouvé
tout naturel de venir habiter, dans les environs
de leurs bureaux, le même petit appartement.
Madame Béchard faisait la cuisine pour trois :
c'était plus économique et meilleur que d'aller pour
cinquante sous s'empoisonner au restaurant. Les
copains de bureau avaient bien essayé de blaguer
cet arrangement. Ils avaient hasardé certaines
insinuations dont Béchard s'était contenté de sourire, sans un mot de réponse. Devant son entête-
ment, certains avaient même été jusqu'à lui mettre
les points sur les i. Il ne pouvait avoir la prétention
d'être un Adonis, lui Béchard ; si même le loge-
ment qu'il possédait sur la cour était, comme il
sied, orné de glaces, le moindre coup d'œil dans ces
réflecteurs biseautés quoique loyaux, a dû, depuis
longtemps, lui révéler que son crâne est plus
délabré que celui d'Arthur Meyer, que sa mâchoire
est en partie démeublée, qu'il est petit, malingre,
rabougri, et que sa voix rappelle la crécelle de
Deschaumes, tandis que Bouvet est grand comme
un tambour-major, beau de cette beauté fade,

correcte et rose qu'adorent les femmes et qu'il
se pourrait... qu'à la longue... madame Béchard....

Mais on avait beau dire et faire, Béchard riait
toujours de son rire noir et sans dents, sans qu'il
fût possible d'ébranler ce que jusqu'à nouvel ordre
ses amis prenaient pour une aveugle et présomptueuse confiance.

Lorsqu'il eut passé son pantalon et chaussé ses
pantoufles, Béchard s'achemina vers la petite salle
où barbottait déjà Bouvet et dans laquelle, chaque
matin, ils faisaient, avant d'aller s'enfermer dans
l'étuve du bureau, leurs ablutions communes. Ils
avaient organisé un système d'hydrothérapie
intime et économique devant l'ingéniosité duquel
s'extasiaient les quelques rares amis admis dans
leur intimité. Au milieu de la pièce, une immense
cuvette en zinc, à fond plat. Au dessus, faisant
douche, une pomme d'arrosoir dans laquelle s'em-
manchait un tuyau en caoutchouc qui traversait le
mur pour aller s'adapter, d'autre part, à la prise
d'eau de la cuisine. A tour de rôle on passait dans
la cuvette, en costume *ad hoc*, et la pomme d'arro-

soir douchait; les trois minutes réglementaires.
Puis on s'habillait, tout ragaillardi, et en route
pour le bureau. Il fallait y être à neuf heures. A
neuf heures une minute, Bouvet mettait ses man-
chettes de lustrine.

A midi précis ils dégringolaient l'escalier ;
puis, du pas de gens qui ont l'appétit d'une conscience pure et une heure seulement pour y
satisfaire, se hâtaient vers le déjeuner de madame
Béchard.

Autour de la toile cirée qui, économiquement,
remplaçait la nappe blanche classique, trottinait le
pas léger de madame Béchard, ses pieds fins
chaussés de mignonnes pantoufles qui laissaient
voir, avec la complicité d'un jupon autant écourté
par coquetterie que par commodité, un coin de
jambe plein de promesses. Toujours souriante,
madame Anaïs Béchard — les mauvaises langues
prétendaient qu'elle avait de jolies dents et le savait
trop, — toujours gaie, toujours jolie et fraîche
malgré la trentaine qu'elle était tout doucement en
train de doubler, sans un fil d'argent dans le jais
lustré de ses bandeaux à la vierge qui lui donnaient

l'air si émoustillant, par contraste avec les promesses égrillardes que semblait faire le regard
trouble de ses yeux glauques. Une appétissante
créature, tout en chair, faite pour le plaisir et en
fleurant l'arôme par tous les pores. Béchard avait
déniché cet éhrard dans les mornes solitudes d'une
petite ville de province. Un coup d'œil lui avait
suffi pour juger de l'excellence de l'instrument. Un
baiser pris par hasard, banalement, aux « jeux
innocents », ce trompe l'œil à l'aide duquel les
grands et les petits jeunes gens tuent l'ennui en
province, lui avait démontré — à lui virtuose
exquis et dilettante très fin, d'autant plus dangereux qu'il se dissimulait derrière un physique très
dérouteur — que l'instrument n'attendait que l'ins-
trumentiste pour vibrer. Béchard voulut l'être, et
le fut par conséquent. La jeune fille était d'une
famille aisée. Béchard devait plus tard jouir de
quelques bonnes mille livres de rente. Les deux
familles se connaissaient intimement. Le mariage
se fit. Lui, corps inférieur mais âme exceptionnellement douée ; elle, intelligence banale, formes
parfaites. Il y avait équilibre.

· Béchard qui connaissait les femmes et consé-
quemment les méprisait, ne demandait à la sienne
que deux choses : bien cuisiner et servir ses deux
repas à heures fixes et ne pas laisser ses chemises
manquer de boutons. Quant à sa fidélité, il disait
cyniquement — sachant madame Béchard forcé-
stérile — que plus un violon est joué, meilleur il
est ; qu'un piano n'est pas déshonoré parce qu'une
autre main que celle du propriétaire a réveillé, sur
son clavier, quelque sonate endormie ; et qu'une
fois la sonate jouée, il n'en demeure pas, sur le
piano, la moindre trace.

Il disait même cela devant madame Béchard, ce
qui était la preuve d'une grande force ou d'une
immense bêtise.

Bouvet, lui, haussait les épaules devant ces
théories et grognait : « Allons donc, tout ça, c'est
de la pose ».

Ce grand garçon avait encore toutes les naïvetés
de l'adolescence.

Facétieusement, même devant Anaïs qui rougis-
sait du saugrenu de l'affirmation, Béchard se portait garant du pucelage de son ami. Et il concluait :

« Rosière à trente ans! Tu es immonde. » Sans
protester directement, Bouvet, chaque fois que
Béchard abordait ce scabreux sujet, cherchait à
détourner la conversation.

Ils sortaient de l'administration vers cinq heures,
faisaient un tour hygiénique d'une demi-heure,
s'en allaient battre méthodiquement une absinthe
à un bon coin connu d'eux, puis, sur les sept
heures, rentraient dîner.

Après dîner, ils faisaient un petit rams pour
emplir tout doucement la tirelire, avec le produit
de laquelle il était depuis longtemps décidé qu'on
irait, au bout de quelques mois, manger une fri-
ture dans quelque chromo-billancourt. Enfin tout
le monde se couchait.

Et, le lendemain, la même journée se déroulait,
aussi remplie des mêmes évènements fades, aussi
monotonement correcte et coupée par tranches
identiques des mêmes points d'arrêts et des
mêmes repos.

Une fois par mois Béchard qui suivait à la lettre
le précepte hippocratique : « Quotidie defecare,
hebdomade coïre, mense ebriare », Béchard laissait

Bouvet rentrer seul, le chargeant d'expliquer à sa
femme « comment il lui avait été impossible de
refuser l'invitation à dîner d'un vieil ami inopinément rencontré sur le trottoir. »

C'est que le dit virtuose se lassait parfois de son
instrument. Il éprouvait le besoin d'aller un peu
pianoter par la grande ville pour se dégourdir les
doigts qui s'ankylosaient à la longue sur les mêmes
airs et les mêmes touches.

Bouvet, lui, se refusait à le suivre. Il rentrait
prosaïquement faire un écarté en cinq sec avec
madame Béchard. Et, en le quittant, Béchard lui
disait avec un gros rire : « Surtout, mon vieux,
engraisse bien la tirelire. »

Un de ces soirs d'ébriété mensuelle, Béchard, en
male disposition peut-être, ne put achever la
vadrouille commencée. La bière était mauvaise, se
digérait mal et ne grisait pas. Les femmes étaient
bêtes, ne savaient ou ne voulaient donner la
réplique et s'ostinaient à lui raconter des potins
cent fois ressassés. D'écœurement, il s'achemina,
piteux, vers le logis conjugal, alors que dix heures
n'étaient même pas sonnées !

Certainement il allait trouver Bouvet en train de faire sa partie! Dix heures! parbleu! Et en grimpant l'escalier, il lui semblait entendre la voix claire de sa femme qui criait : « Je marque le roi, ça me fait quatre. Quatre à deux, monsieur Bouvet. Apprêtez vos deux sous. »

Il glissa sa clef dans la serrure, avec des précautions, afin de les surprendre.

La porte s'ouvrit silencieusement, mais celui qui fut surpris, c'est Béchard. Pas un bruit dans l'appartement. Tout le monde dormait. Il s'effara. « Comment! déjà! à dix heures! » pensa-t-il. Mais soudain il sourit. Ils m'ont entendu monter l'escalier et ils se sont tus. » Et, toujours tout doucement, il ouvrit la porte de la salle à manger. Personne. La table n'était pas desservie. Il remarqua même, à la lueur de la veilleuse qui tremblottait dans la chambre conjugale, dont la porte de communication était restée ouverte, il remarqua que les assiettes des deux convives étaient singulièrement proches l'une de l'autre.

Sans toutefois en rien déduire, et sans s'arrêter à ce détail, il entra sur la pointe du pied dans la chambre de sa femme et s'arrêta tout à coup, cloué au parquet par une stupéfaction énorme. Bouvet, — c'était invraisemblable, mais c'était — Bouvet était là, couché dans son propre lit, à lui Béchard, les deux bras blancs et potelés d'Anaïs autour du cou.

Ils dormaient tous les deux, du sommeil paisible de l'innocence.

« Elle est bien bonne ! voyez-vous le puceau » songea Béchard, et, discrètement, avec un rire silencieux sur les lèvres, il se retira. « Ils seront joliment attrapés demain matin », réflexionna-t-il, et il s'alla coucher dans le lit de Bouvet.

Le lendemain, comme huit heures sonnaient partout, Bouvet, du revers de la main, frappa à la porte de la chambre qui donnait sur le vestibule. Il est probable que les deux coupables savaient déjà que le *mari* était au courant de tout, car, presque au même instant, la porte s'ouvrit et Bouvet parut, très pâle, les yeux cernés comme par une nuit passée blanche.

— Ecoute, Béchard, commença-t-il d'une voix qui s'accrochait et dont le timbre était rauque.

— Allons! allons! dépêchons, cria Béchard, de
sa voix de tous les jours! A la douche! nous allons
être en retard — et il entra dans la petite salle des
ablutions. Bouvet l'y suivit, toujours très blême
et ne comprenant pas.

Ils s'habillèrent, puis partirent.

Anaïs désorientée parce qu'elle s'attendait à
tout, excepté à ça, prépara quant même le déjeuner.
Il lui semblait fricoter dans un rêve. Parfois une
larme roulait de ses yeux à ses joues dans les
pommes sautées. Larme de rage et de désespoir,
plutôt que de repentir. Avait-elle été assez bête!
Quelle folie l'avait prise tout d'un coup de vouloir
faire l'éducation sensorielle de ce grand benêt. Sa
stature l'avait tentée. Elle avait espéré de ce paquet
de muscles quelque chose de nouveau. Et puis,
rien! C'était la force, mais c'était l'ignorance,
tandis que Béchard... C'était l'Art, et l'art profond, raffiné, subtil. Avait-elle été assez bête.
Comment tout ça allait-il tourner, à présent. Il
n'était que trop évident que le calme de Béchard,
le matin, présageait un orage. Peut-être allait-il
se battre avec Bouvet. Et Bouvet était une maî-

tresse lame. Elle ne pouvait plus le sentir, ce Bouvet, ce bellâtre, ce tambour-major? Ah! certainement, jamais, malgré ses théories paradoxales, jamais Béchard ne lui pardonnerait. Elle était bien malheureuse... Où étaient-ils maintenant... Au bureau! Allons donc! ils avaient chacun de leur côté constitué des témoins... Tout à l'heure elle allait recevoir une dépêche, lui annonçant qu'ils ne rentreraient ni l'un ni l'autre pour déjeuner.

Écroulée sur l'unique chaise de sa petite cuisine, elle surveillait d'un œil morne, voilé de grosses larmes qui tombaient lentement, trois côtelettes qui grésillaient sur le gril dans une atmosphère de fumée âcre. Ah! c'était bien pour l'acquit de sa conscience qu'elle préparait, comme tous les matins, le déjeuner des deux amis, car elle était bien persuadée qu'elle s'attablerait seule ce matin devant sa côtelette refroidie.

Une clef venait pourtant de tourner brusquement dans la serrure. Et la porte livra passage à Bouvet, toujours pâle, toujours étonné, et à Béchard, toujours souriant, *comme d'habitude.*

Dès l'entrée, ce dernier cria bruyamment : « La bonne odeur de côtelette. Je me sens une faim de loup, mame Bouvet » et il se frottait les paumes avec un air très sincère de satisfaction gourmande.

Anaïs était soudain devenue horriblement pâle. Ce « mame Bouvet » absolument inattendu lui avait donné comme un coup de poing, là, au creux de l'estomac. Elle en resta sans voix pendant quelques minutes, les yeux très grands, l'air hagard, la lèvre pendante.

Bouvet, interloqué, lui aussi, essaya d'un timide : — Béchard !...

Mais comme si ce qu'il avait dit eût été naturel, Béchard s'était mis à table tout tranquillement, sans faire attention à la stupeur qu'il avait provoquée. Seulement, toujours tout naturellement, il avait pris la place de Bouvet. Et ce n'était pas distraction de sa part. Béchard, cet homme correct, rangé, ponctuel et méthodique n'était jamais distrait.

Du reste, comme pour bien prouver qu'il savait ce qu'il faisait, il avait pris, à son *ancienne* place sa serviette et, posément, avait remis, sur l'assiette de Bouvet, la serviette de Bouvet.

Anaïs était tellement désarçonnée qu'elle servit les côtelettes sans souffler mot et sans présenter sa joue aux lèvres de son mari, comme elle faisait tous les jours, quand il arrivait de son bureau. Bouvet qui ne savait quelle attitude prendre devant la tranquilité incompréhensible de son ami, restait silencieux, et essayait, gauchement, d'avaler quelques morceaux. Mais ça ne passait pas. Il mâchait longuement, buvait souvent à petites gorgées, pour pousser les bouchées qu'il coupait très menues, l'air très affairé pour se donner une contenance.

Anaïs ne restait pas en place et faisait continuellement la navette de la salle à manger à la cuisine, où elle tournait machinalement sans du tout savoir ce qu'elle y venait faire.

Béchard lui, mangeait et buvait largement *comme d'habitude*. Il monologuait, un quasi sourire au coin de la lèvre, son petit œil gris et fin attaché sur la figure blême de Bouvet qu'il forçait à le regarder en face, et qui cherchait pour lui

répondre, sans les trouver, des interjections qui ne
fussent pas trop idiotes.

Quand ils se levèrent pour partir, Béchard, en
brossant soigneusement avec le revers de sa
manche, la soie de son chapeau, dit à Anaïs un
« A tantôt mame Bouvet » jovial et bon enfant qui
provoqua chez elle, quand ils furent partis, une
abondante crise de larmes.

C'était fini. Béchard la méprisait à l'heure
actuelle. De quelle injure froide et sans appel il
l'avait souffletée! *Madame Bouvet!* C'est vrai. Elle
avait, comme une fille, sans que rien autre chose
qu'une curiosité malsaine la poussât, couché avec
cet imbécile. Si nul! si dadais! si incomplet! Ah!
l'*autre chose* qu'elle espérait, comme elle en avait
été déçue! quelle chûte pour son désir! quelle
désillusion pour ses sens! Comme le cerveau
qu'était Béchard valait mieux que les cuisses
qu'était Bouvet.

Et c'était pour un si pitoyable résultat qu'elle
avait à jamais empoisonné sa vie! Car elle connáis-
sait trop l'indomptable tenacité du petit homme
pour espérer qu'il lui pardonnerait jamais. Le par-

don! Oh! parbleu, elle savait bien qu'elle n'en méritait aucun. Mais, au moins, elle eût voulu une
discussion quelconque, dans laquelle il lui eût
reproché l'infamie de sa conduite. Des coups même
lui eussent semblé préférables à ce « mame Bouvet » sarcastique et cruellement gouailleur dont il
l'avait saluée tantôt. C'était la négation de tout le
passé et le refus de tout avenir. C'était un trait.
de plume sur tout ce qui avait été *eux*. C'était la fin
de tout...

Puis, brusquement, elle pensa au soir, au tête à
tête atroce et forcé de la chambre et du lit... Eh
bien, tant mieux, il y aurait une explication, enfin.
Une explication terrible, c'était évident, mais elle
l'attendait avec joie ; cela mettrait peut-être un
terme à l'épouvantable facétie de ce *Madame Bouvet*, à l'humiliation de cette appellation ironique
dont il la bafouait avec une bonhomie qui la rendait plus cuisante encore.

Le dîner fut en tout point semblable au déjeuner.
Bouvet mangeait toujours du bout des dents, sans
appétit et sans voix. Anaïs s'agitait, nerveuse,
muette aussi. Seul Béchard pérorait, le geste

ample, la parole brève, tranchante, disant « mon vieux » à Bouvet comme par le passé, mangeant comme quatre et bavardant comme six.

Après dîner, sur la proposition de Béchard qui ne se départait pas de son calme imperturbable, on fit un petit rams. Bien qu'il ne prêtât aucunement attention à son jeu, l'esprit ailleurs, Bouvet gagnait tout le temps.

— Sacredieu ! hurlait Béchard, au milieu d'un silence glacial, cet animal de Bouvet a une veine de cocu.

Et il disait ce mot avec une sincérité parfaite, vrillant Bouvet de son petit œil clair dans lequel flambait une lueur verte, mais sans qu'aucune contraction anormale de son visage ne révélât sa vraie pensée intérieure. Bouvet, lui, d'une main lourde et gauche comme celle d'un homme ivre, faisait le geste d'essuyer son front moite de sueur.

Vers dix heures, comme la partie venait de finir, Béchard se leva, prit un bougeoir, l'alluma et se dirigea vers la porte qui donnait sur le vestibule.

Où diable va-t-il? songeaient Bouvet et madame Béchard.

— Eh bien, bonsoir, les enfants, fit Béchard.

Une seconde après, on entendit claquer la porte de la chambre de Bouvet. Puis la serrure joua deux fois, bruyamment : Béchard allait coucher dans le lit de Bouvet et il s'enfermait à double tour !

Bouvet et Anaïs se regardèrent un instant avec ahurissement.

— Ce dédain est odieux, pensait Anaïs.

— Il se fout absolument de nous, murmura Bouvet.

Ce fut Anaïs qui la première rompit le silence.

— Je vais tirer un matelas de mon lit, vous coucherez dans la salle à manger, dit-elle.

Bouvet s'avança vers elle :

— Madame...

— Ah ! monsieur ! fit Anaïs avec un grand geste qui figea le pauvre Bouvet sur place, je vous croyais assez perspicace pour voir que j'étais au désespoir de ma faute, et assez galant homme pour comprendre que vous n'étiez pas autorisé à panser avec votre amour la blessure que m'a faite le mépris de M. Béchard.

C'était bien un peu pompeux pour être sincère, mais la naïveté de Bouvet en fut quant même douloureusement impressionnée.

La journée du lendemain fut absolument pareille à celle de la veille. Quatre ou cinq jours se passèrent ainsi. Béchard couchait dans le lit de Bouvet, Anaïs dans son lit, et Bouvet sur son matelas.

Car le paradis un instant entr'ouvert s'était refermé pour lui, inexorablement. Anaïs, désolée de cette incursion sur le domaine de l'inconnu, n'y avait pas trouvé son compte. L'ingénuité de l'élève qu'elle avait voulu faire ne pouvait se mettre en balance avec la science du maître.

C'était un impair qui lui pesait d'autant plus péniblement qu'il s'alourdissait de tout le dédain, tranquille et silencieux, de Béchard.

Un soir, elle n'y put tenir. Quelques minutes avant l'heure de son coucher, elle alla se poster dans un coin sombre de la chambre de Bouvet, décidée à tout, aux supplications humiliantes, comme aux larmes. Elle voulait un pardon, ou une rupture violente et définitive, et elle l'obtiendrait.

Elle se jetterait à ses pieds, s'il le fallait, mais il lui était impossible de vivre dans cette absurde situation.

Quand Béchard, suivant son habitude, eut posé son bougeoir sur la table de nuit, il vit tout à coup Anaïs sortir de l'ombre où elle s'était dissimulée.

— Tiens! madame Bouvet, murmura-t-il avec un rire silencieux. En quel honneur?...

— Écoute, dit Anaïs, fébrilement, ça ne peut pas durer comme ça. Il faut que je te parle. La comédie que tu joues est atroce. Mais j'ai tout mérité. Je suis une infâme. D'autant plus infâme que je ne l'aime pas. Pourquoi alors? Je n'en sais rien. Je l'abomine aujourd'hui. Chasse-le. Chasse-moi. Bats-moi. Tue-moi. J'aime mieux tout que ton silence... Mais réponds donc! Dis-moi quelque chose... Traite-moi comme la dernière des dernières...

Béchard souriait toujours. Et, comme s'il n'eût pas entendu un seul mot de ce petit monologue, il s'avança jusque dans le vestibule et cria d'une voix bonhomme.

— Hé! Bouvet! viens donc chercher ta bavarde de femme qui ne veut pas me laisser coucher.

Bouvet entra impétueusement.

— Béchard, je t'en supple... je suis prêt à toutes les expiations... quelles qu'elles soient... Finissons-en une bonne fois... mais cesse ce jeu cruel qui tue ta femme...

— Écoutez, mes enfants, interrompit brusquement Béchard, toujours de son ton tranquille, si vous avez du linge sale à laver, allez le laver chez vous. Car moi, voyez-vous, j'ai envie de dormir.

Et il les mit à la porte.

— Eh bien, me dit le célèbre aliéniste qui m'a raconté cette histoire, Béchard a tenu son rôle jusqu'au bout, avec une énergie si indomptable et un mépris si implacablement cruel que c'est la raison des deux pauvres misérables qui a cédé la première.

A l'heure actuelle, Bouvet est gâteux et Anaïs folle furieuse.

LE SECRET DE PETITE SŒUR

A Marcel Louvel

LE SECRET DE PETITE SŒUR

ne lettre le décida. Une lettre de sa mère, douloureuse et navrante, et qui l'émotionna plus, avec sa résignation triste et concise, que ne l'eussent fait, certes, quatre pages de reproches véhéments.

Il y avait assez longtemps que ce désir le hantait de s'en aller là-bas, ne fût-ce qu'une couple de jours, baigner ses poumons fiévreux de parisianite, dans l'air tiède et si limpide et si calme du pays natal.

Si près de Paris. Quarante lieues à peine! Et pourtant, il y avait plus

3

de deux ans que sa famille ne l'avait revu.
Pourquoi faire, après tout, aller au pays?
Y étaler son ennui de tout et de lui-même,
sa désespérance morne et le vide de sa tête
et de son cœur. Sa pauvre mère! Ne valait-il
pas mieux qu'elle le crût pris par la noce que
dévasté par les mauvaises songeries. On lui en
voulait assez d'avoir lâché la médecine au dernier
examen, alors qu'avec un petit effort il eût pu
grossir son tas de paperasses inutiles du brevet de
docteur que tant d'autres ambitionnent. Ç'avait
été comme un coup de folie. Brusquement, au
moment de consigner pour son cinquième, l'immense vanité de tout lui était apparue si lumineu-
sement qu'il n'avait pu aller plus loin. Et surtout
le *rien* de la science. Et le charlatanisme déclama-
toire, prétentieux et déloyal de la médecine qui
sans appuyer sur autre chose que sur une ana-
tomie succinte et une physiologie rudimentaire
une thérapeutique éternellement tâtonnante qui ne
compte pas trois remèdes assurés — et desquels,
encore, le pourquoi de l'action est *lettre close* —
ne craint pas d'édifier tout un système com-

mercial qui met en jeu, sans vergogne, la vie
humaine.

D'écœurement, il lâcha tout, au grand désespoir
de la famille qui, un instant, le crut dément, et au
grand scandale de la Faculté pour qui cette rupture
retentissante était une insulte en même temps
qu'un précédent désagréable.

Après, le désœuvrement l'avait jeté dans le jour-
nalisme. Mais il s'y buta à tant de fausses cama-
raderies, à tant de mauvais vouloirs, à tant de
voisinages médiocres, et il vit, là encore, si nettement flamboyer le *rien* désespérant qu'il se hâta
de chercher autre part. Non pas dans la politique,
pîtrerie qu'il jugeait indigne d'un galant homme,
et dont il proposait, lorsqu'on en parlait, de se
débarrasser en faveur des femmes, du moment
qu'elles avaient la petitesse d'y tenir. Comme tant
d'autres, sur la foi d'enthousiastes gobe-mouches
qui assuraient que là était la vérité et la lumière,
il voulut frapper à la porte de la Philosophie. Et
quand on la lui eut ouverte, il fut épouvanté de la
foule bigarrée, assourdissante et cacophone qu'il y
trouva, braillant, grouillant, discutaillant, avec

de grands gestes, au sein d'une obscurité complète et d'un brouillard qui vous étreignait la poitrine et vous serrait à la gorge.

RIEN! C'était le mot de la vie. Dupes par ci, farceurs par là, voilà les hommes. Une nausée le crispa. Et il coula un regard amical du côté de son revolver dont la crosse luisait, au mur. Ah! il y avait songé plus d'une fois, mais c'était si bête! si romantique! si rococo! si dessus de pendule!

Et, là-bas, sa mère, la pauvre femme...

C'est alors qu'il songea, comme à un remède, à la potion calmante du pays natal. Ah! il était bien certain qu'on l'y recevrait à bras ouverts. Des reproches? allons donc! on tuerait le veau gras pour le retour de l'enfant prodigue.

Et voilà qu'une lettre était venue, le réclamant presque.

« Si tu tiens à voir ta sœur avant que la pauvre petite ne meure — disait-elle dans son laconisme qui lui amena des larmes au bord des paupières — il faudra te hâter. La pauvre enfant est bien mal. Le bon Dieu ne veut pas nous laisser cette suprême joie. Que sa sainte volonté soit faite. »

Il ricana. Le bon Dieu! Encore un joli bougre,
s'il existait! Ainsi, c'était lui, le lassé de la vie, qui
restait. C'était elle, cette aurore, elle, ce coin de
bonheur des deux vieux, qui partait... Le bon Dieu!
ah! la jolie blague!

Il prit le train le soir même.

En wagon, il repensa à sœurette.

Ainsi elle mourait. A 14 ans! Et lui qui se pré-
tendait cuirassé contre toutes les émotions, d'où
qu'elles vinssent, écrasa du pouce une larme qui
allait rouler sur sa joue.

Il se remémorait le temps — mais n'était-ce pas
hier encore? — où toute frêle et pas plus pesante
qu'une libellule, elle venait, durant des heures,
bavarder assise *à caliberda* sur ses genoux, et lui
faire confidence de ses grandes joies et de ses gros
chagrins. La mère en était même un tantinet
jalouse. « Une fille doit tout dire à sa mère, mademoiselle, » tentait-elle de lui inculquer. Mais la fillette ne disait rien à la maman et racontait tout au
grand frère, qui se trouvait être son très indulgent
directeur de conscience, bien plus que le curé de
Montué auquel les usages voulaient que la petite

allât jacasser déjà, une fois par mois, d'invraisem-
blables péchés.

Et c'était vrai. Elle allait mourir!

Il mit la tête à la portière pour rafraîchir ses
tempes au vent du soir. Le train s'arrêta. La
Loupe! La Loupe! criait un employé enroué par
le brouillard qui montait. Et presque aussitôt une
voix grêle modula, sur un ton de mélopée traînante :
« Qui veut du vin...? Qui veut du vin...? »

Et une fillette passa, déambulant le long des
wagons, deux bouteilles au bout de chaque bras,
l'air placide, la face bouffie, vulgaire, maculée de
taches de rousseur ; une fillette plate, toute puus-
sée en longueur, sur qui la robe sans volants ne
profilait aucun relief, ni par devant, ni par derrière.
Il fut comme heureux d'entendre ce refrain spécial
à La Loupe. Cela lui fit plaisir de voir que les tra-
ditions ne se perdaient pas. Il remarqua même que
cette fillette ressemblait à celle qu'il avait vue là
voilà deux ans, à son départ pour Paris, comme
celle-là ressemblait aux autres, celles qu'il voyait
depuis vingt ans, chaque fois qu'il passait par là. Il
sourit même un instant, à cette pensée que les filles

de La Loupe étaient toutes coulées dans le même moule.

Le train repartait. Il resta quand même la tête nue dehors, baignée par le courant d'air. Il vit passer Bretoncelles, dans la nuit qui commençait. Trois ou quatre lumières à la gare, puis une masse sombre, un peu allongée et grossie autour de l'église, carrée et trapue. Bretoncelles lui rappela les parties d'écrevisses, dans la petite rivière dont il apercevait les sinuosités d'un blanc terne serpenter là-bas dans la vallée, sous les saulaies.

Le train stoppa brusquement. Condé ! C'était là qu'il descendait. Il n'y avait plus, à cette heure, de train pour Montué. Il se décida à faire la course à pied — deux lieues — car il ne voulait pas coucher à Condé. Il avait tant de fois fait le chemin ! Et puis, il serait content de revoir, les uns après les autres, tous ces coins de route familiers. Du reste, la lune s'était levée, faisant surgir une grosse tache blanche au loin, sur la gauche, d'un fond de verdure sombre. Il n'eut pas de peine à reconnaître le château de Villeray, un coquet petit castel bien campé au flanc de la colline. Un rêve, que cette habitation.

dans cette verte solitude boisée, à deux pas de la
grande ligne de l'Ouest, c'est-à-dire de Paris, si
l'envie prenait au châtelain d'accourir à une première représentation intéressante. Ah! lui par
exemple, si le hasard avait voulu que cela lui
appartint, comme il s'y serait enterré avec joie,
sans qu'il lui poussât la moindre velléité de revoir
un jour ce Paris tant *alousé*.

Et il répéta, réveillé de sa songerie par ce mot
alousé : « Tiens! *alousé.* » C'était en effet un terme du
pays. Evocation soudaine produite par le milieu.
Et il constata un phénomène singulier. Souvent, à
Paris, quand il pensait au pays, il avait beau faire
des efforts de mémoire, il lui était impossible de se
remémorer le nom des gens, des fermes, des bourgs
environnants, qu'il connaissait pourtant bien.
Tout ça était flou, comme enfoui dans un coin
de son cerveau où il y avait beaucoup de brouillard. Et voilà qu'en marchant les noms lui revenaient tous avec la vue des choses. Et il nommait
à mesure, en passant : Dorceau, avec la Servière
dans le fond, près de l'Église; la Ferme-Neuve, une
ferme immense par le portail ouvert de laquelle il

aperçut, dans les lointains, la montée des bois Saint-Georges; la Croix-Saint-Marc, où il se souvenait d'être venu en procession, aux *Rogations*, du temps qu'il était enfant de chœur.

Puis, tout proche de Montué, il revoyait les allées de Voré, ce château d'où Voltaire a daté quelques-unes de ses lettr s et qui appartient aujourd'hui à un petit-fils d'Helvétius. Et puis encore la Rochelle, avec son abattoir, sur le mur duquel il retrouva, respectée des pluies et des maçons, la grosse tête de bœuf assez largement charbonnée par quelque artiste boucher, devant laquelle s'extasiait son enfance.

Brusquement, dans le silence, comme il entrait à Montué, onze heure sonnèrent au vieux clocher. Devant lui s'allongeait la rue de l'Église, très longue, alignant correctement ses petites maisons blanches bordées d'étroits trottoirs réguliers qui lui donnaient l'aspect très ville. A droite, près de la Poste, la cour Bara montait, en pente raide, avec le Champ de foire au bout et les deux écoles, l'ancienne, où il avait balbutié ses premiers ba-bé-bi-bo-bu, une bâtisse grise et petite abandonnée

pour la nouvelle, un bâtiment spacieux et bien
aéré qui ne ressemblait en rien aux prisons de
nos villes.

Il marchait lentement, maintenant, l'âı secouée
par les souvenirs qui lui revenaient en fo. .

D'ailleurs, il était trop tard. Il n'irait pas, ce
soir, soulever le lourd marteau de la maison pater-
nelle. Et, pour ne déranger personne, il s'en alla
frapper à l'hôtel du Cheval Blanc.

Le lendemain, de bonne heure, il était réveillé
par une rumeur confuse qui montait de la place.
C'était le jour du marché. De sa fenêtre qui ouvrait
juste sur la place, en face de la rue du Moulin
dévallant, assez rapide, jusqu'à la rivière, il apercevait nettement, au fond, bornant l'horizon, la
crête vert sombre des buttes Saint-Georges et,
grimpant le coteau en zig-zags, le ruban jaunâtre
de la route de Verrières, bordée d'accacias aux fines
feuilles découpées. De là, en remontant la rue, son
regard tomba, en plein marché, où grouillaient
déjà des groupes de paysannes caquetant, un
panier de chaque bras, empli de poulets, de lapins,
d'œufs ou de pains de beurre, et se chamaillant,

criardes et entêtées, avec les bourgeoises qui mar-
chandaient. Directement sous sa fenêtre se tenait,
fleurant âcre, le marché aux fromages, dans la
gamme odorante de qui dominait le contre-ut des
petits fromages affinés du pays, de la saveur cuisante desquels son palais gardait encore le souvenir.

Il reconnut, dans un groupe, à ses glapissements
de vieille poule effarouchée, la mère Hurlubert, la
plus endiablée colporteuse de potins de tout
Montué, qui picorait tous les fromages de la
pointe de son petit couteau, sous prétexte d'y
goûter, et n'en achetait aucun.

Plus loin, tout près d'un immense parapluie rouge
à l'ombre duquel gesticulait un camelot de campagne déployant, sous les yeux de trois ou
quatre paysannes qui la tâtaient de leurs mains
noueuses, de la cotonnade à tabliers, un groupe
d'hommes causait, désœuvrés. Il y avait là
Rancourt, le pharmacien, un fanatique du radi-
calisme, tout petit, avec sa bedaine qui pointait
et son front agrandi de tout son crâne d'où les
cheveux avaient émigré; le père de Braveçon, le

percepteur, un toujours jovial qui se « la coulait
douce », et ne manquait pas un « furetage », ce
prétexte à petites noces, entre hommes, à Troaze,
d'où l'on revenait le soir, avec un coup de soleil
dans la tête; Pleurier, le notaire, qui possédait,
dans un coin souvent fréquenté des amis, la plus
complète collection qui soit des belgeries de tous
formats et de toutes épices; Prétang, l'adjoint, en
complet gris, qui commentait, l'air calme, le dernier article que le docteur Charpie, un oppositiön-
niste, avait « mis dans la *Brême* » contre lui; enfin
Sareuil, le bras droit de Prétang et son conseiller
intime, Sareuil qui jouait les Cassagnac à Montué,
en manière de passe-temps, et, par pure fumis-
terie, se distrayait à défendre les cléricaux, dont
il n'avait cure, et les intérêts du doyen, qu'il tenait
au fond pour un indécrottable imbécile.

Georges, un peu ennuyé de traverser le marché
par crainte de se heurter à toutes ses connais-
sances, se décida pourtant. Il lui tardait d'avoir
des nouvelles de sa sœur. Il ne pouvait se faire à
l'idée que sa maladie fût si grave qu'on lui avait
écrit. Il pensait au contraire que sa mère avait

exagéré, intentionnellement, dans sa lettre, pour le forcer à venir les voir.

Il se perdit dans la foule, se dissimulant à moitié derrière les carrioles des paysans qui descendaient au pas, avec un veau parfois qui meuglait derrière eux, le muffle baveux passé par dessus l'*accu*, et ses gros yeux ronds, tout noirs de mouches, au coin des paupières, s'effarant devant les boutiques dont l'étalage du lundi débordait du seuil et envahissait le trottoir.

La bonne qui balayait son « devant de porte » leva les yeux en voyant qu'un monsieur pénétrait, sans rien demander, dans le corridor. Elle eut, en le dévisageant, une courte hésitation, et le reconnut presque aussitôt :

— Monsieur Georges ! En voilà une surprise, par exemple !

Il l'interrompit : — Jeanne ?...

La figure de la vieille bonne s'était subitement assombrie.

— Elle est bien mal. Mais, dites, où il y a de la vie, il y a de l'espoir. Elle vous réclame tout le temps, vous savez....

Au bruit des voix, madame Madelle était
accourue.

La mère et le fils se contemplèrent une seconde,
puis, brusquement s'étreignirent.

— Comme tu as blanchi, dit la mère.

En effet, à trente ans à peine, Georges Madelle
grisonnait comme un homme de cinquante.

— Et mon père, s'enquit-il ? sans relever la
remarque de madame Madelle.

— Tu vas trouver ton père bien changé, mon
enfant. Ces deux ans... Oh! je ne veux te faire
aucun reproche... Tu as agi à ta guise, comme
toujours. Je ne veux pas discuter les raisons que
tu peux invoquer pour expliquer ton... étrange
détermination. Mais enfin ces deux ans ont bien
vieilli ton pauvre père. Toutefois, à la longue, il
s'était résigné, concentrant toute son affection sur
sa fille... mais voici le docteur. Je te laisse avec lui
pour aller préparer ta sœur à ta visite. J'osais si
peu l'espérer que je ne lui avais rien dit de peur de
lui faire une fausse joie.

Et elle s'avança vers le docteur Charpie.

— Docteur, je vous laisse quelques instants avec

mon fils qui vient d'arriver de Paris. A tout à l'heure....

Charpie, établi à Montué depuis cinq ans déjà, n'était pas un inconnu pour Georges. Ils avaient plus d'une fois, pendant les vacances, alors que Georges était tout entier à ses études de médecine, visité des malades ensemble. Georges se laissait emmener pour faire plaisir à sa famille, et, aussi, parce que c'était une distraction comme une autre que ces promenades, toutes médicales qu'elles fussent, à travers cette partie du Perche, pays accidenté entre tous, sillonné de chemins verts, hérissé de haies vigoureuses emplies d'oiseaux et serpenté de ruisselets babillards pleins de truites et d'écrevisses et fleuris de libellules et de martins-pêcheurs.

Les deux hommes, malgré tout, ne sympathisaient qu'à demi. Georges, tout en reconnaissant à Charpie un savoir suffisant et l'aplomb qu'il faut dans ce genre de négoce, ne pouvait lui pardonner le ton tranchant qu'il apportait dans toute discussion, et l'air sans appel de ses conclusions. Charpie, de son côté, s'offusquait de la gouaille avec laquelle

Madelle s'obstinait à accueillir ses théories tant médicales que politiques. Ils se voyaient toutefois de loin, un peu par convenance, et beaucoup parce que les relations étant rares, à la campagne, il faut bien se faire des concessions réciproques.

Charpie passa son bras sous celui de Georges et l'entraîna au jardin afin de pouvoir causer à l'aise. Il eut le tact de ne faire aucune allusion à ce dont glosait encore toute la petite ville à l'heure actuelle. Après les quelques banalités d'usage, Georges lui demanda brusquement : — Et Jeanne ?

— A parler franc, mon cher ami, répondit Charpie, je ne comprends pas grand chose à l'état de votre sœur, qui n'est expliqué par rien. La petite a fait, voilà un mois, une sorte de fièvre muqueuse, à symptômes assez obscurs. Cela avait à moitié les caractères de l'embarras gastrique et à moitié l'allure d'une fièvre typhoïde à forme bénigne, affection peu commune à son âge, comme vous le savez. Quelques verres d'eau de sedlitz en avaient eu raison, et la maladie était en bonne voie, lorsqu'un matin la bonne vint me chercher tout en larmes. La maladie avait subi une aggra-

vation brusque dans la nuit. Et, le matin, votre
sœur délirait. J'accours fort intrigué. Je trouve
une température de 41 degrés dans l'aisselle et un
pouls qui bat la chamade. Cent vingt! J'étais littéralement ahuri. Voyons! vous lui avez fait manger
un melon et une langouste hier au soir! Votre
mère m'assu.. qu'elle n'avait ingéré qu'un œuf à la
coque, suivant ma rigoureuse ordonnance. D'ailleurs le délire était tel, les accidents si spécialement cérébraux, que ce n'était pas du côté du
système digestif qu'il fallait chercher....

— Une émotion, interrompit Georges....

— Oui, une émotion, il n'y avait que cela de
possible, mais quoi? une émotion la nuit, dans
une chambre où couchaient, à côté d'elle, ses
parents qui n'avaient rien vu, rien entendu! une
émotion d'où! comment! par qui ou par quoi?
C'était évident, mais invraisemblable.

— Dans le délire, que dit-elle?

— Ma foi, votre mère, à cet égard, vous rensei-
gnera mieux que moi. Ce que j'ai observé de particulièrement singulier, c'est que chaque fois que son
père s'approche d'elle, une sorte de frisson répulsif

la secoue toute entière... Le pauvre homme, bien
qu'il attribue cela au délire, en paraît irrémédiablement affecté.

— Encore un mot. Le pronostic, à votre avis.

— Fort grave, je ne vous le cacherai pas. Les
accidents cérébraux ont trop d'intensité pour permettre un espoir si léger qu'il soit. Au reste, la
température a monté trop vite. 30 la veille, 41 lendemain matin, 41, 8 le soir. Et elle se maintient à
ces sommets. C'est, je ne vous apprends rien, un
fort mauvais signe.

Ils reprirent le chemin de la maison. Georges
était tout pensif. Il songeait à cette émotion soudaine et mystérieuse qui avait à ce point boule-
versé la fillette.

Son père l'attendait, sur le seuil. Il lui tendit la
main simplement.

— Tu vas bien? lui dit-il. Puis sans transition :
Ta sœur t'attend. Et il dit au docteur :

— Elle me semble mieux, aujourd'hui, docteur;
elle est plus calme.

Ils montèrent au premier, suivis de M. Madelle.
C'était un homme jeune encore, à peine cinquante-

cinq ans, « bâti à chaux et à sable », suivant une
locution du pays; un de ces hommes qui demeu-
rent verts jusqu'à leur suprême vieillesse; un de
ces chênes qu'il faut une secousse de Titan pour
ébranler, et un coup de foudre pour abattre. La
secousse avait été l'inattendue volte-face de son
fils; le coup de foudre, c'était la maladie subitement
aggravée de Jeanne et sa mort qu'il pressentait.

Dans l'immense chambre, toute tendue de bleu,
où, tout proche du lit conjugal, on avait dressé un
lit pour la jeune fille, Jeanne, l'œil allumé et la
joue un peu rosée cria, dès qu'elle aperçut son
frère, un : « Georges! » qui surprit le docteur, tant
elle y avait mis d'animation, de force et d'affection
débordante. Puis, comme elle lui entourait la tête
de ses deux bras amaigris tout moites de fièvre et
d'un jaune de cire, elle se prit soudain à sanglotter
convulsivement, entrecoupant ses sanglots de ces
trois mots qu'elle lui bégayait dans l'oreille : Je te
dirai!... Je te dirai!...

Madame Madelle qui n'avait rien entendu s'approcha du lit pour calmer sa fille secouée par une
violente crise de larmes. Elle semblait plutôt une

grande sœur aînée qu'une mère, tant son calme visage était resté jeune, sans qu'aucune ride en troublât la fraîche et limpide sérénité, tant ses cheveux, malgré la douleur qui en cuisait les racines, étaient demeurées imperturbablement blonds.

— Jeanne, murmura-t-elle.

Mais la petite la repoussa brusquement.

— Non! non! va-t-en, je ne t'aime plus!

Son père, à son tour, voulut prendre une de ses mains, mais, comme la veille, comme d'ailleurs depuis la nuit où sa maladie avait empiré, elle se rejeta violemment en arrière avec un strident cri de frayeur, la lèvre crispée et les yeux subitement agrandis comme par une peur et un dégoût insurmontables. Et, comme toujours, le pauvre homme qui essayait, mais vainement, chaque matin, de ressusciter chez sa fille la tendre affection de jadis, sortit de la chambre pour cacher ses larmes.

— Tu vois, Georges, voilà le délire qui la reprend, fit simplement madame Madelle.

— Et que dit-elle, pendant ce délire? interrogea Georges que cette scène avait vivement intrigué.

— Peu de chose, répondit d'un air singulier

madame Madelle, comme si cette question l'eût un peu embarrassée, peu de chose, des mots sans suite, sans signification.

Pourtant la petite, peu à peu, s'était apaisée. Elle avait maintenant les yeux fermés et sa respiration soulevait régulièrement le drap sous lequel se profilait anguleusement son pauvre petit corps émacié.

Madame Madelle et le docteur sortirent sur la pointe du pied. Georges leur fit signe qu'il allait les suivre dans quelques minutes. Et il resta tout songeur devant le mystère de cette agonie, mystère dont il allait avoir le secret, puisqu'elle lui avait crié tout à l'heure : « je te dirai, je te dirai!... » avec une sorte de joie de se débarrasser comme autrefois, au beau temps des confidences enfantines, de ce fardeau sous l'écrasement duquel ce pauvre petit cœur allait finir par cesser de battre.

Elle respirait si paisiblement à l'heure actuelle que Georges, la croyant endormie pour longtemps, se dirigea vers la porte. Mais bien qu'il n'eût fait aucun bruit, Jeanne se retourna brusquement au mouvement qu'il fit et lui cria :

— Ne t'en va pas, Georges, tu sais bien qu'il *faut* que je te parle....

Il prit une chaise et s'assit à ses côtés, son bras passé derrière les épaules de la fillette qui cacha sa tête dans le cou de son frère. Elle avait comme une honte à la pensée de la confession qu'elle allait faire et ses joues, tout d'un coup, étaient devenues brûlantes au souvenir de ce qu'elle allait raconter.

— C'est bien douloureux, va, petit Georges, ce que je vais te dire, si douloureux que j'en meurs, sans que ni le médecin ni *eux* ne s'en doutent. Promets-moi aussi que tu le leur diras, quand je serai morte, car ça m'a fait trop de peine, il faut qu'ils le sachent. Je les aimais tant, j'avais pour eux une vénération telle... Jamais je n'aurais pu croire... Ah! c'est dégoûtant... Une nuit, je ne dormais pas, lorsque j'entendis tout à coup un craquement singulier dans la chambre. J'ouvris les yeux. Un peu de lune passait à travers les rideaux. Je distinguai très nettement une forme blanche comme accroupie sur le lit de maman. Je poussai un grand cri : Maman! J'avais tout d'un coup pensé aux vampires... Ce qui me surprit fort, c'est

que maman ne dormait pas non plus, puisqu'elle
me répondit tout de suite, d'une voix très calme,
croyant probablement que je rêvais : « Dors donc,
Jeanne, dors ma fille. »

Je ne dis plus rien. J'étais intriguée et je voulais
savoir. Au bout d'un quart d'heure environ j'entendis un chuchottement. Puis ma mère qui disait
tout bas : « Tu n'es pas raisonnable, la petite peut
voir. » Mon père répondit, sur le même ton : « Mais
non, elle est repartie à dormir. » Et, à mi-voix, il
m'appela : « Jeanne. » Tu penses bien que je ne
soufflai mot. J'étais trop curieuse de savoir ce que
tout cela signifiait. — Jeanne ! recommença mon
père... « Tu vois, conclut-il, elle dort. » J'avais en
effet fermé les yeux. Soudain, dans le silence qui
s'était refait, j'entendis encore un craquement semblable à celui que j'avais déjà entendu. Et les craquements se succédèrent... Cette fois, j'en étais
bien sûre, cela venait du lit. Je rouvris les yeux
et... je revis, accroupi sur le grand lit de maman, le
vampire de tout à l'heure... Je restai quelques
secondes, immobile, regardant de tous mes yeux,
le cou tendu et retenant ma respiration. Alors...

j'ai vu... j'ai vu... hurla Jeanne suffoquant dans un dernier sanglot, j'ai vu papa qui faisait... des... saletés... avec maman !

Et le délire la reprit, véhément, convulsif. Le soir même, elle mourait.

Quand Georges, suivant le désir formellement exprimé par sa sœur, raconta à ses parents la cause de cette mort si prompte, Monsieur Madelle, frappé en plein cœur, tomba comme une masse. Cette suprême émotion l'avait foudroyé.

Quelques semaines après l'enterrement de son mari, madame Madelle, sauvée du désespoir par la religion, entra dans une maison de retraite.

Quant à Georges, il revint, fort triste, à Paris.

Lorsqu'on vient aujourd'hui à parler de lui, à Montué, on raconte que « ce garçon là a été le malheur de toute sa famille, qu'il a fait mourir de chagrin son père et sa sœur et forcé sa mère à entrer au couvent, afin de jouir de toute la fortune des Madelle, qui est assez considérable. »

LA VEILLÉE D'ARMES

LA VEILLÉE D'ARMES

iens! Qui diable carillonne chez moi à cette heure invraisemblable? songea Henri Persaigne que venait de réveiller, comme huit heures sonnaient à peine, un coup strident du timbre de la porte d'entrée.

Presque aussitôt, comme, selon la consigne donnée, la femme de ménage s'opposait à cet envahissement si matinal de l'appartement de son maître, une voix claire protesta :

— Il faut que je le voie, vous dis-je, il n'y a pas de consigne pour moi.

Et pour le prouver, impétueusement, le nouveau venu fit irruption dans la chambre à coucher.

— Toi! à cette heure! s'étonna Persaigne! toi Arthur de Marineraie, conseiller de préfecture à Caen depuis une année ; ce qui veut dire que nous sommes restés un an sans nouvelles de ton incurable paresse! Et voilà que tu te décides tout à coup à nous venir, en personne! voilà que tu tombes sur le dos des gens à huit heures du matin! Sans crier gare! Encore une fois, est-ce bien toi?

— Moi-même, répondit placidement Arthur, en allant tirer les grands rideaux qui continuaient dans la chambre l'ombre commencée par la nuit. Moi-même. Et lorsque tu seras bien et dûment réveillé, je te raconterai le pourquoi de ma visite.

— Vas-y, répondit Henri en s'adossant commodément à l'un de ses oreillers, je roule une cigarette et suis tout ouïe.

Marineraie s'était campé à califourchon sur une chaise, en face du lit.

— Je me marie, fit-il brusquement.

— Je te dis que je suis réveillé, murmura douce-

ment Henri, dispense-toi donc de ces coups de tam-
tam !

— Je me marie demain, à midi précis, continua
Arthur tout tranquillement, et, qui plus est, je
viens t'avertir de prendre tes dispositions pour
être mon garçon d'honneur. Nous partons demain
matin pour Herblay, mon pays natal, où se fait le
mariage. Les parents se sont occupés du contrat.
Il n'y a plus qu'à conclure. Et j'ai juste trois jours
de congé pour bâcler cette affaire. C'est pourquoi
j'en donne un à mes amis et deux à mon mariage.
Aujourd'hui la rigolade; à demain les affaires
sérieuses. Children, Tarvor, Cotonère, Exéris et le
père Cardinoy sont convoqués par dépêche au
Bœuf-en-Daube. Ordre du jour : Enterrement de
ma vie de garçon. Demain matin de bonne heure
nous filons à Herblay. Ma valise est toute faite, je
l'ai déposée dans ton vestibule. Apprête la tienne.

— Tu te maries !

— Je suis las, vois-tu, de la vie de garçon. Ça
n'est pas toujours amusant de s'amuser. On m'a
d'ailleurs offert en province une très belle situation,
agrémentée d'une fille. La fille est peut-être laide

— car je la connais à peine — mais la situation est belle et la dot aussi. Je me range donc par simple calcul. Je trouve que c'est l'heure, puisqu'elle sonne sur un timbre d'or.

— Tu vends ta liberté et ton indépendance!

— Des mots... Mais habille toi, il faut que tu viennes avec moi chercher un billet de confession. Ne fais pas les yeux blancs. C'est la seule concession qu'on me demande. La famille est religieuse, elle tient à ce que le mariage civil soit complété de celui fait à l'église. J'ai promis. Je dois même communier, demain, à côté d'*Elle*, avec toute la famille. Ce sera touchant. Cela attirera sur notre union la bénédiction du ciel, mais pour cela, il me faut un billet de confession.

— Trois francs au tarif, dans n'importe quelle église....

— Eh! eh! tous les curés ne sont pas si modernes que tu crois. Il en est qui rechignent. Pourtant, tu penses bien que je ne vais pas:....

— Allons à Saint-Sulpice, j'y ai un ex ami qui confesse chapelle Saint-Roch tous les vendredis jusqu'à onze heures. Justement aujourd'hui. C'est un ancien bon bougre qui a passablement rôti le balai. Ça ira tout seul avec lui.

Précisément comme ils côtoyaient la fontaine, se dirigeant vers l'église, Henri s'écria :

— Tiens, en vérité, le voilà qui dégringole les marches. Comment diable! il est à peine dix heures et demie. Les clients n'ont pas donné ce matin.

L'abbé Cavinard, prêtre libre, qui faisait tous les jours, hormis les vendredis, un cours de rhétorique dans un collège des environs de Paris, était un homme d'une quarantaine d'années. Sa physionomie n'était point banale. Son nez exubérant, légèrement bossué au milieu, attirait tout d'abord l'attention. Il surplombait une bouche aux lèvres minces, éternellement éclairée d'un sourire indéfinissable qui, suivant qu'on était un observateur profond ou superficiel, donnait à l'abbé Cavinard un air ecclésiastique de bienveillance, ou vous laissait songeur, comme devant une gouaillerie embusquée et prête à prendre son vol. Dans ses yeux d'un bleu tellement clair que la couleur en était difficile à préciser, luisait comme

une phosphorescence qui s'enflammait tout à coup
lorsqu'à une plaisanterie imprévue d'un interlocuteur, son rire se mettait à fuser. Mais ce rire était
si bizarrement ironique, ses yeux se clignaient
d'une façon si équivoque, qu'on ne savait jamais
s'il riait de la plaisanterie ou du plaisant.

Henri présenta son ami.

— Comme il n'est pas onze heures, commença-
t-il, tu n'as pas le droit de te refuser à retourner
jusqu'à... Oh! rassure-toi ce n'est pas la paix dé
l'absolution que nous avons à te demander, cela
serait trop long à obtenir par la voie ordinaire. Si
nous t'énumérions consciencieusement les péchés
de la semaine, tu pourrais te fouiller pour aller
déjeuner avant midi et, comme je le vois, la faim te
talonne.

— Alors, interrompit l'abbé avec son sourire
coupant, jusqu'où faut-il que je retourne?

— Simplement jusqu'à la sacristie où tu vas
signer à mon ami un billet de confession, forma-
lité indispensable pour un mariage auquel il va
procéder demain.

L'abbé, toujours souriant, se rendit à ce désir,

et Arthur glissa cinq francs dans un tronc disposé à plusieurs effets à la porte de la sacristie. Puis l'on sortit.

Le soir, dans un salon réservé du *Bœuf-en-Daube*, Arthur et Henri, les premiers arrivés, attendaient les invités.

Jean Tarvor entra soudain, précédé du père Cardinoy, vieux critique d'art blanchi sous le bât, dont la bande s'amusait fort et qu'Arthur avait invité pour servir de tremplin à Tarvor, un impitoyable aiguiseur de mots, celui-là, qui en semait de ci, de là, dans les journaux boulevardiers et de ça vivait. Cardinoy avait un truc excellent pour faire un peu illusion sur l'absolue nudité de sa conversation et l'absence d'idées personnelles qui le caractérisait. Il emmêlait si savamment ses théories pâteuses de ces deux mots : *la chose*, mis, à tout bout de phrase, à la place de l'expression qui lui manquait, que l'interlocuteur, impatienté de ce bafouillage empêtré, lui soufflait les arguments afin d'en finir plus vite. Il avait toutefois une certaine réputation au boulevard, où il était considéré comme dangereux, parce que sa plume n'était qu'un écho servile des méchancetés que cette vipère de Tarvor sifflait dans le tympan du bonhomme.

Puis Children entra, tout seul. Et enfin, bruyamment, avec des éclats de voix qui s'entendaient de l'escalier, Raoul Cotonère et Marius Exéris, grands noceurs, poètes écoutés et garçons aimables. Exéris très brun, la barbe en pointe et la moustache obstinément en berne (malgré qu'il s'acharnât farouchement à en ériger les crocs, de la dextre) clama, dès l'entrée, de sa voix de cuivre :

— Non, mais! qu'est-ce que c'est que cette plaisanterie! Quelle vie de garçon enterre-t-on ici!

— La mienne, répondit Arthur.

— Et quoi! fit Children, c'est pour nous apprendre cela que tu nous convoques ici, après un an d'absence! Serait-ce que tu aurais senti déjà les prodromes de l'ataxie?

— Qu'est-ce qui est vide en toi, renchérit Tarvor, la moelle ou la bourse!

— Ce singulier me paraît bizarre, ricana Cotonère, dont s'exagéra l'accent circonflexe sour-
cilien.

— Trève d'esprit facile. Nous ne sommes pas .
dans les bureaux du *Tintamarre*. Je me marie,
voilà le fait. Cela vous étonne, vous êtes bien bons.
Je vous invite à enterrer le passé, mangeons et
surtout buvons. Voilà. Tends ton verre, Tarvor.

— Enfin pourquoi te maries-tu ? s'entêta
Cotonère. Pour faire l'amour, ou pour faire une fin !

— *Væ soli*, a dit l'Écriture sainte.

— Ah! par exemple, voilà une recommandation
inutile, interjecta Tarvor.

— Il est bien évident, bredouilla Cardinoy qui
n'avait pas compris, que lorsqu'il vous arrive la...
la chose...

— Ça ne sent pas la rose, distiqua Exéris.

— Comprends pas, avoua Cardinoy.

— Ça ne fait rien.

Les flacons se vidaient avec entrain et, l'exci-
tation du dialogue aidant, vers dix heures tout le

monde était gris. Tarvor grimpé sur la vérandah du Bœuf–en-Daube haranguait « le peuple » : une douzaine de gamins que ses lazzis amusaient. Children s'épanchait dans le sein de Marineraie et lui répétait tout en larmes avec la préoccupation d'imiter la nasophonie d'Hyacinthe : « Rends-la heureuse », ce à quoi Arthur répondait : « Qu'est-ce que ça te fout, tu ne la connais pas! » Henri, le moins gris de tous, écoutait en souriant une grande dissertation poético-décadente sur la césure et sa place dans l'alexandrin moderne, qu'Exéris bramait dans les oreilles de Cotonère. Cela finit, comme ça devait finir, par un échange de mauvais procédés. Cotonère rugit un sonnet dans les oreilles d'Exéris qui lui rendit immédiatement la monnaie de sa pièce sous la forme d'un quatorzain qu'il lui lâcha à brûle pourpoint, en pleine figure. Il scanda de sa voix mordante et métallique :

Comme une cour abandonnée, aux vents ouverte,
Où grelottent aux fentes du vieux mur galeux
Les corolles plâtreuses des asters frileux
Mon âme dort dans une immobilité verte.

Un grand fracas de vitres brisées l'interrompit. Tout le monde s'était précipité vers la fenêtre avec cette crainte que Tarvor, emballé par son éloquence et par le rœderer, ne se fut oublié au point de passer au travers de la vérandah.

Ce n'était vrai qu'à moitié.

Tarvor en train de discourir sur le peu de consistance des plates-formes électorales venait de passer les deux pieds à travers un carreau. Fort heureusement la barre de fer qui sert de cadre et de soutien au vitrage l'avait arrêté dans sa chute et lui tenait lieu de siège maintenant. Il en avait tiré immédiatement, sans s'interrompre, un effet oratoire.

« La fragilité des plates-formes électorales ne saurait mieux se comparer, articulait-il, avec une volubilité empruntée au champagne, qu'à celle sur laquelle mes bottines se prélassaient imprudemment tout à l'instant.

Aussi plus d'un candidat se voit-il obligé, pour sa sécurité personnelle, de faire comme moi dans le cas présent, c'est-à-dire de s'asseoir dessus. »

4

On le retira tant bien que mal de sa position dangereuse et, comme il commençait à être tard, l'on se disposa à faire dans les alentours du Boul-miche la vadrouille de rigueur. Cardinoy était ivre mort. Il titubait à peine, mais divaguait pour les autres! Il descendit le premier pour s'assurer si les fiacres demandés étaient là. Quand tout le monde fut en bas, on le trouva qui pleurait à chaudes larmes devant la lanterne d'une des voitures.

— Je ne pourrai jamais passer par là, bégayait-il, en désignant la porte de la lanterne.

On eut beaucoup de peine à lui faire comprendre que cela n'était pas nécessaire, puisqu'il y avait une autre porte, plus grande.

Comme il demeurait sur le parcours, tout près, on l'alla coucher.

Et l'on commença de caboulotambuler.

C'est fatal. Il faut qu'on vienne alourdir de l'ivresse bête et pâteuse de la bière la griserie bruyante, loquace et spirituelle des jolis vins de

Bourgogne. Mais peut-on aussi s'aller allonger entre deux draps quand la gaieté du Beaune vous pétarade dans le cerveau !

La bande vadrouilla donc, histoire de brûler l'alcool emmagasiné pendant le dîner.

On bocka tant et si bien que les idées d'Arthur n'étaient plus très nettes quand vint l'heure morne de la fermeture des cafés.

Des brasseries, les unes après les autres, les filles s'envolaient, celles-ci seulettes et pressées, courant rejoindre, dans le lit bien chaud, le petit chéri qu'on allait réveiller d'un bécot au bon endroit ; celles-là par bandes, accompagnées de « michets d'occase », *levés* dans la soirée, et se traînant par habitude dans tous les « laits », stationnant dans toutes les tartines, pour retarder d'autant le coucher fatal et monotone, banal combien, sans même prendre garde où les dévallait l'habitude.

Machinalement, comme, les cafés fermés, les rues s'étaient faites plus sombres, les unes après les autres, Children, Tarvor et les deux poètes avaient descendu la rue Monsieur-le-Prince, traversé le boulevard Saint-Germain, et pris la rue de l'Ancienne-Comédie.

— Où diable nous menez-vous donc? interpella tout à coup Arthur qui zigzaguait et divaguait à quelques mètres derrière, étayé à demi du bras de Persaigne.

On s'arrêta.

— Ne trouvez-vous pas qu'il est assez demain pour nous coucher.

—Jamais de la vie, rugit Tarvor. Tu ne vas pas recommencer dans deux jours à enterrer ta vie de garçon, n'est-ce pas!

— Ça! c'est vrai.

— Eh bien, donc, il faut que la soirée soit complète.

—Et alors?

— Suivez-moi, et silence dans les rangs. En avant! arche!

Quelques minutes après, comme ils arrivaient à l'entrée de la rue Mazarine, Tarvor qui marchait en tête de la bande se retourna brusquement et commanda à voix basse :

— Stop! et plus un mot. Que tout le monde

s'aligne, le dos collé au mur. Si la mère Tuvache nous voyait aussi nombreux, jamais nous ne pourrions entrer dans ses lares.

Tarvor senna discrètement. Au bout de quelques instants un guichet s'ouvrit au milieu de la lourde porte et une tête de femme parut, fouillant de l'œil avec méfiance les environs. A la vue du chapeau haut de forme et de l'air correct du journaliste, la porte s'entrebâilla. Tarvor sans mot dire l'ouvrit toute grande et entra. Derrière, immédiatement, Cotonère, puis Exéris se précipitèrent.

— Je te croyais tout seul, grogna la femme.

Children avait suivi, puis Arthur, puis Henri qui fermait la marche.

La femme avait essayé de fermer la porte au nez de ces derniers, mais Tarvor qui se méfiait avait, du pied, prévenu le mouvement.

Devant cette invasion la sœur tourière s'exaspéra.

— En v'la des flanelles qui viennent encore nous emmerder. Qu'est-ce qui m'a foutu des sales vadrouilles de nom de Dieu comme ça!

Tarvor s'interposa dignement.

— Vous avez tort, ma sœur, de faire à mes amis

un accueil aussi peu engageant. D'autant plus que nous arrivons en consommateurs et non pas en « flanelles », ainsi qu'il vous plaît de l'insinuer par un vocable qu'il siérait de mettre en italique.

Et l'on pénétra dans le salon, Tarvor toujours en tête.

— Tiens, voilà Tarvor, comment vas-tu ma vieille? chantonnèrent d'une seule voix les cinq ou six femmes qui n'étaient pas encore en mains, et qui dormaient à moitié, vautrées sur les velours cramoisis, dans la fumée des cigarettes et la lumière crue du gaz repercutés par les ors et les glaces.

La mère Tuvache attirée par le bruit venait d'entrer dans le salon.

— Comment! se récria Tarvor qui venait de l'apercevoir, comment! pas encore couchée, maman Tuvache, à près de trois heures du matin!

— C'est pas tout ça, interrompit la commère. Il faut se décider : ou décamper ou monter. Il est trop tard pour blaguer... Allons, ouste!

— Nous sommes six, cinq fois six trente, voilà cinquante francs, fous-nous la paix d'abord, inter-

vint Arthur qui était à peu près dégrisé. Ensuite
dis à la tourière de ne plus laisser entrer personne.
Je te loue toutes tes femmes pour la nuit. Troi-
sièmement fais allumer toutes les lumières du petit
salon et monte-nous du vin blanc. J'ai dit.

Une orgie folle commença.

Henri qui avait gardé tout son sang-froid réussit
au bout d'un quart d'heure à laisser ses amis à
leurs chœurs cacophoniques. La mère Tuvache,
enthousiasmée de la quantité de « Châblis première » absorbée, battait la mesure, assise sur les
genoux de Cotonère, (lequel en profitait pour obli-
ger les autres à l'appeler patron) avec une maes-
tria si communicative qu'Henri put emmener
Arthur en train de somnoler en dépit des agaceries
d'une grosse blonde dont les chairs croulantes
étaient drapées dans un péplum tricolore. Au
milieu du brouhaha et de la préoccupation géné-
rales, personne ne remarqua leur fugue, à part la
grosse blonde qui prétendit en pincer pour Arthur
et conduisit les deux amis chacun à une chambre.

Les deux chambres étaient contiguës.

— Voici la tienne, dit-elle à Henri, et voici la *nôtre*, conclut-elle en y faisant entrer Arthur. Bonne nuit, toi, et ne fais pas de mauvais rêves.

Par instants, on entendait, montant des étages inférieurs, de grands éclats de voix qui tonitruaient, des meuglements assourdis, des rires qui gloussaient comme étouffés. Puis, comme pointait le jour, des pas alourdis et hésitants titubèrent dans l'escalier, des portes claquèrent çà et là, violemment, et le silence se fit, peu à peu, morne et absolu.

Vers les sept heures, Henri qui avait réussi à dormir un peu, se réveilla brusquement. Un souvenir avait traversé la torpeur lourde de son sommeil.

Aujourd'hui, tout à l'heure, il fallait être à Herblay où se mariait Arthur.

Se marier ! Ah ! il était bien en état.

Quelle folie ils avaient faite de se laisser ainsi aller à une tant complète griserie...

Qui sait si Arthur allait pouvoir se mettre debout ; s'il allait pouvoir se cambrer dans une tenue décente... Quel scandale dans le pays !.. Et pourtant, il fallait bien y aller.

Il s'habilla à la hâte et alla frapper à la porte voisine.

Comme personne ne répondait il ouvrit.

I

Ils dormaient tous les deux, dos à dos, dans le désordre d'un lit convulsé, dont les draps traînaient à terre, pêle-mêle avec les bas de soie rose, les jarretières bleues et les chaussettes blanches, tricolorisme pâle sur lequel tranchait les tons crus du péplum jeté au hasard, à la volée.

— Arthur ! cria Henri, en le secouant violemment.

Mais la fille seule se réveilla.

Elle meugla d'une voix qui graillonnait, furieuse de ce réveil subit.

— Qu'est-ce qui veut, c' muff' là ?

Persaigne, sans prendre garde aux protestations rauques de la goule, avait pris Arthur à bras le corps et l'avait déposé sur un fauteuil. La fraîcheur du matin entrée brusquement par une fenêtre qu'Henri venait d'ouvrir, le réveilla. Il promena son œil hagard, sans comprendre, tout autour de la chambre.

— Tiens! Henri, fit-il tout à coup, que diable faisons-nous ici?

Et comme son regard s'était heurté au lit où s'était rencognée la fille en ronchonnant, il se souvint tout à coup et voulut se vêtir. Mais il fallut qu'Henri lui aidât. L'ivresse battait son plein dans son cerveau. Des bourdonnements d'oreille l'assourdissaient et un vertige le prenait chaque fois qu'il essayait de se mettre debout.

— Appuie-toi sur mon bras et sortons. Une tasse ou deux de café pris en plein air vont te remettre un peu. A quelle heure part le train!

— Quel train?

— Celui par lequel on t'attend.

— On m'attend... le train... murmura Arthur. Ah c'est vrai, je me marie... demain... aujourd'hui... je ne sais plus...

Au café, pendant qu'Arthur, péniblement,
comme s'il eût cherché à avaler des coques de
noix, buvottait un mazagran froid à petites gorgées,
Henri fouilla l'indicateur. Le train qu'il fallait
prendre partait à huit heures trois quarts de la
gare du Nord.

— Nous avons une heure devant nous. Nos
valises sont prêtes, heureusement. Reste ici.
Prends un second mazagran, je reviens te chercher
dans une demi-heure et nous filons. Avec un peu
de bonne volonté tout ira bien.

Quand ils arrivèrent à la gare d'Herblay, vers
dix heures, Arthur, sous l'influence du café, avait
retrouvé en partie le sens des choses. Sa volonté
énergiquement surtendue faisait le reste. Toutefois
il ressemblait encore un peu à un Anglais som-
nambule. Il voyait tout, mais comme au travers
d'un voile ; il entendait tout, mais avec des
effets de lointains. Il avait très nettement cette
sensation qu'il se promenait dans un rêve.
Pour marcher droit, correctement, au sortir du

wagon, il fut obligé de viser la petite porte
de sortie, et de prendre, d'ici là, des points de
repère.

La « correspondance » les amena de la gare à la
ville, en une petite demi-heure. Comme ils avaient
eu soin de grimper sur l'impériale, l'air vif de la
campagne ne fit qu'améliorer son état. Pourtant,
comme ils arrivaient près de la Patte d'oie,
l'odeur âcre de poudrette que fleurait le pays
suffoqua le pitoyable Arthur.

— J'ai bien envie de vomir, confia-t-il à son ami.

— Veux-tu que nous descendions?

Il acquiesça. La marche après tout ne pourrait
que lui faire du bien. En effet, au bout de quelques
pas, ses velléités de nausées se calmèrent.

— Ça va mieux, constata-t-il comme ils arrivaient
aux premières maisons d'Herblay, mais, nom de
Dieu! quelle sacrée gueule de bois!

— Tu me sembles en belle disposition pour le
baiser des fiançailles, ricana Henri.

— Ça, ce n'est rien, mais ce qui m'inquiète, riposta
Arthur, c'est ce soir. J'ai tant babillé cette nuit,
chez la mère Tuvache, que j'ai grand peur de ne

trouver rien à *dire* à ma femme. Et... comment expliquer mon silence ?

— Eh! Eh! l'émotion, parfois, ce dit-on, en pareille occurrence vous coupe la parole. Et puis, tu sais, les jeunes mariées, la première fois, ne sont guère loquaces...

Quelques heures plus tard, sous les regards attendris d'une foule sympathique qui faisait la haie, et chuchottait admirativement sur leur passage, Arthur parut sur le seuil de la petite église dans laquelle toutes les cloches carillonnaient joyeusement. Sa femme, rose de plaisir, ne pouvait s'empêcher de se serrer contre son bras. Lui, correct et impassible, mais toujours un peu raide saluait discrètement, à droite et à gauche.

— Comme il est pâle, fit une commère.

— Moi je trouve ça très distingué.

— Avez-vous vu avec quelle piété il a communié? renchérit une troisième.

Arthur de Marineraie vient d'être tout récemment promu à la députation. C'est un « réac-
tionnaire » des plus « intransigeants » du parti
« conservateur. »

UN MARIAGE DE RAISON

UN MARIAGE DE RAISON

orsqu'Harry Children entra dans la chambre nuptiale après qu'il eût clos le bal comme le comporte l'usage, il fut tout étonné de trouver sa femme,—sa femme depuis douze heures environ, très confortablement installée en un pouf minuscule, au coin du foyer où pétillait la buche de la nuit de noces.

Certes, bien que fût très invraisemblable ce qu'il s'apprêtait à lui dire, ce qu'il entendit lui-même ne laissa pas que de le stupéfier profondément.

D'un nonchalant geste, appuyé d'un

regard qui ne tremblait pas, Clarisse de Fumay
avait désigné un siège à son mari.

Et comme dans les yeux d'Harry se lisait une
interrogation bien naturelle :

— Nous avons à causer, monsieur mon mari,
débuta-t-elle. Ce que j'ai à vous dire, d'ailleurs, est
très court. Voici. Je suis riche, vous le saviez, et
c'est pour cela que vous m'avez épousée. — Je
vous remercie de ne vous être pas donné l'odieux
d'une inutile protestation. — C'est donc ma dot
que vous vouliez dans vos tiroirs et non moi dans
votre lit. C'est pourquoi... je n'y suis pas, comme
vous voyez.

Quelque jeune fille que je sois, j'ai, en matière
de mariage, des théories, singulières peut-être,
mais inébranlablement assises. Je n'entends
appartenir qu'à l'homme que j'aime. Oh! je
comprends que des phrases pareilles vous effa-
rouchent un peu. Nous sommes encore en un
temps où l'on nous fait généralement l'honneur
— est-ce bien un honneur? — de nous déclarer
naïves, et sous ce prétexte, de nous boucher tous
les petits sentiers qui mènent à la grande clai-

rière du « Savoir ». Bien inutilement du reste, car si nous n'arrivons pas, dans le lit conjugal, avec la science complète de ce qui va s'y passer, nous en avons la prescience, et cela suffit... pour le moment....

Ne craignez rien je reviens à vous.

Je disais donc que j'avais la prétention de n'appartenir qu'à l'homme que j'aime.

Or, cette prémisse étant posée, concluons. M'aimez-vous? Non, mais bien ma dot. Oh! remarquez que je ne vous en veux pas. Vous avez fait ce que font la plupart des hommes. C'est la mode aujourd'hui. Les femmes achètent leurs maris pour avoir un nom et exister, puisque, toutes seules, elles ne sont rien. En échange de ce nom, elles donnent une certaine... indemnité et... *elles-mêmes*. Voilà ce dont je ne veux pas. Ma dot, oui; moi, non. Et cela parce que vous ne m'aimez pas et que je professe à votre égard la même indifférence. Vous avez ma dot, j'ai votre nom, nous sommes quittes.

Harry souriait.

— Savez-vous, dit-il tout à coup, ce qui m'a

empêché de vous aimer ? Je puis bien vous le dire aujourd'hui que vous venez de creuser, entre nous deux, un fossé impossible à combler. Et bien, c'est que je vous croyais naïve ; c'est-à-dire....

— Idiote. Oh, il est inutile de faire tant de façons entre nous. Du reste, j'en avais assez l'apparence.

— Oui, fit-il songeusement, et même... Enfin, nous ne nous aimons pas, voilà le fait à retenir. Vous avez la franchise de me l'avouer, et la très exceptionnelle dignité de vous soustraire à ce que le monde — immoralement — appelle le devoir. Je ne vous en estime que plus.

— M'estimez-vous assez, interrogea Clarisse, pour entendre la singulière confidence que j'ai à vous faire ?

— Faites-moi cette grâce, fit Harry.

— Eh bien, j'aime ailleurs....

Harry ne put s'empêcher de tressaillir.

— Eh quoi, fit-elle assez gouailleusement, il semblerait que vous en êtes ému.

— Mon Dieu, non, mais....

— Mais quoi ? Je suppose, bien que vous ne me connaissiez encore que très peu, que vous me

devinez assez fière pour n'en pas abuser. J'ai
acheté votre nom. Il m'appartient aujourd'hui, et
j'en aurai souci, soyez en sûr, au moins autant
que vous.

— Après tout, reprit-il, votre cœur, ou plutôt
ce qu'on a l'habitude de comprendre sous ce
vocable, vous appartient, et vous avez le droit
strict d'en disposer. Seulement, dans votre seul
intérêt, il serait bon, je crois, que le monde ne pût
même soupçonner ce qui... ne se passera pas
entre nous.

— C'est bien ainsi que je l'entends, dit-elle.

— Et à propos de cet amour qui, je vous l'assure, m'intéresse, vous plairait-il de me donner
quelques détails ?

— Oh ! mon histoire est toute simple. J'aime et
je suis aimée, d'un garçon tellement pauvre, qu'il
n'a pas pu avoir l'audace de demander ma main.
Nous nous sommes juré fidélité, et je lui avais
conseillé de s'expatrier pour conquérir cette fortune qui lui manquait. Il est parti, voilà quatre
ans de cela, et personne jamais n'eut de ses nouvelles. Est-il mort, désespéré d'un insuccès pro-

bable? Est-il vivant dans quelque contrée si lointaine qu'il n'ait pu donner signe de vie? je ne sais. Les évènements m'ont forcé la main, et je vous l'ai donnée. C'est par là même un adieu pour lui, en même temps qu'à l'amour. Je mourrai vierge....

Ils devisèrent ainsi jusqu'au jour. Et quand, vers l'aurore, ils songèrent à prendre un peu de repos, Harry et Clarisse se quittèrent, pour chacun leur chambre, les meilleurs *amis* du monde.

Harry Children était un viveur, intelligent et très docte ès femmes, qui s'était grisé à la coupe de toutes les perversités parisiennes. Il osait tout haut se vanter de ne connaître même pas de nom ce qu'on est convenu d'appeler le sens moral, et, dans sa conduite, battait carrément en brèche tous les préjugés sociaux qu'il se sentait assez fort pour braver.

Au physique, c'était ce que les superficiels, qui n'y regardent pas de si près, appellent un beau garçon. Seulement, pour les analystes, il était mieux et plus que cela. Il eût suffi, pour s'en convaincre, de fixer une seconde ses yeux glauques où flambait, sous un front large, bien planté de cheveux bruns, drus et longs, un sombre et fier regard qui impressionnait les hommes et médusait les femmes toujours vaguement inquiètes devant cette lueur. La bouche, fine comme un tranchant de glaive, s'estompait d'une rare moustache noire, au dessus d'un menton dont la courbe prononcée annonçait une volonté indomptable.

Cérébralement, car il me répugne d'employer avec Children ce vocable de moral qui n'avait pour lui aucune signification, c'était, dans le vrai sens du mot, le plus absolu nihiliste qui fût, de cœur comme d'aspirations. Très-apte aux choses intellectuelles pour lesquelles il était merveilleusement doué, il n'avait jamais voulu se donner la peine d'écrire.

« Pourquoi faire? disait-il à ceux qui lui en faisaient la remarque. Les sots tout seuls tiennent à la gloire, cet écho des sots. »

Son mariage avait été un étonnement pour les rares amis qu'il s'était fait. Pourtant le motif en était tout simple. Harcelé par d'incessants besoins d'argent, il avait épousé une dot, comme avait si

bien deviné sa femme. Très amoureux du confor-
table, il n'avait trouvé que ce moyen de se le procurer, ennemi qu'il était d'un travail quelconque,
d'instinct autant que de volonté.

Plusieurs mois se passèrent sans que rien vint
déranger les étranges rapports qu'il avait avec sa
femme. Pour le monde qui ne voit jamais que la
surface, Harry Children adorait sa femme qui le
lui rendait avec usure. On constatait la chose,
sans y rien comprendre. La vérité était que les
deux époux ne se voyaient qu'à de rares inter-
valles, et que ni l'un ni l'autre n'avait fait un pas
pour franchir la barrière qui les séparait.

Un soir cependant, Harry, en rentrant de son
cercle, se dirigea vers la chambre de sa femme. Il
venait d'apprendre que le banquier Louis Ricare,
un des plus habitués des samedis de madame
Children, n'était autre que l'ex-idéal de Clarisse
revenu tout récemment à Paris avec une fortune colossale. Quelques-uns, très rares il est
vrai, le donnaient, — tout bas encore — comme
l'amant de Clarisse.

Etait-ce qu'il voulait en avoir le cœur net, et

qu'il lui était venu à l'esprit de prendre enfin sa place, ce soir là, dans le lit de sa femme? Qui sait! Simple renseignement après tout, car ce diable d'homme, qui ne condescendait même pas à écouter les racontars qu'on faisait sur le compte de sa femme, se vantait de tenir « l'honneur du nom » pour le plus plat de ces préjugés sur lesquels, journellement, il mettait dédaigneusement sa botte.

Ou bien avait-il quelqu'autre but sournoisement dissimulé, et qu'il allait tout à l'heure brusquement découvrir?

Clarisse qui ne l'attendait pas était en ce moment occupée à sa toilette de nuit. Elle tourna légèrement la tête de son côté en l'entendant entrer et ferma vivement son peignoir à demi dégrafé.

— Qui ou quoi me vaut l'étonnement de votre visite, sir Children? interrogea-t-elle à moitié gouailleuse.

— Il m'est revenu, répondit Harry en se rapprochant de Clarisse, que *votre* Louis Ricare est à Paris.

— Je le sais, fit Clarisse.

— Parbleu! Et vous savez aussi qu'il est un de vos attentifs, à tel point que le monde vous le donne pour amant.

— Et c'est pour m'apprendre cela que vous êtes venu ce soir, railla madame Children.

— Aucunement, ma chère, puis-je empêcher Monsieur Ricare d'être un garçon de goût.

— Trève de plaisanteries. Vous aviez évidemment, en venant ici, un autre but que celui de me débiter des fadaises.

— Oui, fit Harry, avec une soudaine brusquerie dans la voix. Il me faut, demain matin, trois cent mille francs.

— Une dette de jeu, probablement?

— Vous avez deviné.

— Et vous avez daigné m'employer à vous procurer cette somme!

— Vous *employer* est le mot.

Clarisse jeta un strident éclat de rire.

— Décidément, ricana-t-elle, vous êtes abominablement gris, mon cher.

— Comme je sais, simple talent de société, contrefaire admirablement votre écriture, continua imperturbablement Harry, je viens d'envoyer chez le richissime banquier Louis Ricare, votre... le monde dit amant, un domestique avec une lettre dans laquelle la pressante Clarisse le conjure de lui faire parvenir le plus tôt possible trois cents mille francs pour « la sauver du déshonneur. » Phrase classique qui ne manquera pas son effet : Ricare sera chez vous demain matin.

— Vous êtes un misérable, hurla Clarisse.

— Je n'entends pas les gros mots, ma chère ; dispensez-vous en donc à mon égard.

— Cette infamie n'aura pas lieu, j'apprendrai la vérité à M. Ricare.

— Vous ne le ferez pas. Ce serait, par là même, m'avouer qu'il est votre amant. Autrement, vous êtes trop fière pour lui dévoiler votre « horrible existence. » Adieu. Et Harry, très calme, rentra dans ses appartements.

Harry Children, aux aguets depuis le matin, vit tout à coup le coupé du banquier s'arrêter devant l'hôtel. Il attendit quelques minutes et, dissimulant dans une ses poches un mignon révolver à crosse d'argent, il se dirigea vers la chambre de sa femme.

En poussant la porte il surprit cette phrase que modulait le banquier d'une voix altérée :

— Oh! maudit soit le destin qui vous a jetée aux bras de cet homme.

— Tiens, ricana Harry, il paraît qu'on en est par là à la grande scène du deuxième acte. Patience, mes amis, j'ai le dénouement dans ma poche.

Et résolument il entra.

Louis Ricare et Clarisse avaient tressailli, et, s'étaient, à sa vue, un peu écarté l'un de l'autre.

Harry souriait.

— Me pardonnerez-vous, dit-il, d'être entré, ainsi, dans votre conversation ? Je passais, simple hasard, dans ce corridor, lorsque j'ai entendu la voix de M. Ricare. « Maudit soit le destin, disait-il, qui vous a jetée aux bras de cet homme. » Très intrigué, je suis entré.

— Monsieur... essaya le banquier.

— Veuillez croire que la jalousie n'est pour rien dans ma démarche. On vous prétend l'amant de ma femme...

Ricare avait fait un mouvement.

Et je suis certain que ce n'est qu'une... prétention... du monde. Ainsi, je vous trouve dans la
chambre de ma femme à une heure indue, et je suis
sûr que vous y êtes pour un excellent motif, — et
cependant, je vais vous tuer. Je conçois votre surprise. Je vous dois au moins une explication, la
voici. Je vais vous tuer parce que j'ai besoin de
trois cents mille francs, que vous les avez sur
vous, et que si je vous les demandais, vous ne me
les donneriez pas. C'est pourquoi j'en suis réduit à
les prendre. Voleur! Allons donc. C'est un mot qui
n'a aucune signification. Il n'est *aucun* homme pou-
vant s'approprier, *impunément,* même au moyen
de ce que l'on désigne sous le nom de crime, une
somme suffisamment ronde, qui ne le fasse.
Dans le cas présent, je ne suis un voleur que pour
vous et pour ma femme, puisqu'il n'y a que vous
dans la confidence. Or, demain et même tout à
l'heure ma femme sera folle, et vous mort, je ne
serai donc un voleur pour personne. Donc, je n'en
serai pas un. Ah! l'objection, je la prévois... mais
je ne crois pas à la *conscience.*

Le banquier, hagard, regardait cet homme qui lui faisait l'effet d'un effroyable mystificateur.

— Monsieur dit-il enfin, cessez cette sinistre plaisanterie.

— Fort bien.

Et brusquement Harry dévoilant son revolver ajusta le banquier en pleine poitrine et pressa la détente.

Louis Ricare tomba foudroyé sur le tapis, pendant que Clarisse s'écroulait demi-morte dans un fauteuil.

En quelques secondes Harry avait enlevé les trois cent mille francs du portefeuille du banquier, et dégrafant prestement le corsage de sa femme et les habits de Ricare de façon à leur donner l'apparence du flagrant délit, il se précipita dans le corridor, au devant des domestiques que la détonation avaient attirés.

Froidement, il les fit entrer dans la chambre de Clarisse, et d'une voix calme et haute il leur dit :

— J'ai trouvé cet homme dans les bras de ma femme, et je l'ai tué.

Harry Children se rendit immédiatement chez

le commissaire de police et lui raconta dans quelles circonstances il avait tué Ricare, qu'il venait de trouver en « conversation criminelle » avec sa femme.

Le commissaire qui connaissait Harry de réputation le laissa sortir, après quelques banales condoléances sur son « malheur. »

Quand il rentra il trouva madame Children qui l'attendait dans son petit salon.

Elle se leva à son approche.

— Eh bien, madame, êtes-vous remise de votre « terrible émotion » interrogea-t-il, avec une nuance de gouaillerie dans la voix.

Clarisse, muette, le considérait avec des yeux où flambait un feu sombre.

— Je suis heureux de vous trouver ici, continua Harry. Je tiens à savoir quel rôle il vous plaira de jouer en cette « délicate occurrence ». Et il souligna ces deux derniers mots d'un sinistre demi-sourire.

A mon avis, vous n'avez que deux partis à prendre. Ou aller de ce pas me dénoncer et raconter l'invraisemblable, l'incroyable vérité.

Comme toutes les preuves sont contre vous, on

ne manquera pas d'y voir un « système de défense
audacieux » qui finira de vous perdre devant l'opinion publique. A la rigueur, il est vrai, je pourrai
vous faire passer pour folle; folie bien compré-
hensible, après le drame qui s'est joué — c'est le
mot — dans votre chambre. De là à vous faire
interner dans un asile de fous, il n'y a qu'un pas.

Ce moyen là est donc dangereux et je ne vous
le conseille pas.

L'autre parti qui vous reste, le plus sage, c'est
de prendre l'attitude humiliée de la femme adultère, qui pleure sa faute. Et comme je suis philosophe, je *pardonnerai*.

— Vous êtes plus fort que moi, je m'humilierai,
murmura Clarisse, accablée.

Naturellement, les juges ont acquitté Harry
Children.

Et le « monde » aujourd'hui admire la générosité
du mari qui a consenti à pardonner à l'adultère,
malgré sa faute éclatante, en faveur de son
repentir.

L'ALLUMEUSE

L'ALLUMEUSE

ut-ce intuition géniale de ses parents, ou cela avait-il été décidé de
toute éternité, — je suis fataliste à
mes heures, quand cela m'est commode — mais son nom de *Désirée*,
sous le ridicule duquel toute autre eut
sombré, lui était devenu comme un programme et nulle n'aurait osé se vanter de
pouvoir l'exécuter mieux qu'elle.

Longtemps latente et emprisonnée dans
la gangue d'une jeunesse très ordinaire,
sa personnalité avait surgi, un beau
matin, s'épanouissant sous le coup de
soleil de je ne sais plus quelle lecture

révélatrice qui avait tout d'un coup élargi sa con-
ception et fait entrer à flots, par la porte grande
ouverte de son intelligence, la très nette prescience
de la vie et le sentiment très vif et très approfondi
de l'hostilité ambiante.

Ce jour-là — elle avait quatorze ans, — elle se
jura à elle-même de ne jamais appartenir à personne, de ne jamais laisser toucher par homme
qui vive les rondeurs satinées dont elle se com-
plaisait à regarder, ce matin là, fuir autour d'elle
les courbes harmonieuses estompées par le dia-
phane voile de batiste qu'elle écartait un peu d'elle
pour s'admirer silencieusement, mi-pâmée au
fumet capiteux et grisant qui montait de sa jeune
chair frissonnante.

Ce dédain de l'homme, de l'homme qu'elle igno-
rait encore, mais dont elle pressentait l'infamie et
la trivialité, ce dédain, quatre années de lectures
très diverses, mais subtilement choisies, n'avaient
fait que l'accroître. Aussi en était-elle arrivée,
vers sa dix-huitième année, à un point extrême de
maturité morale et de pléthore intellectuelle qui la
faisait s'épancher, avec de très rares qui la savaient

comprendre, dans d'intimes et sapides causeries
pleines d'aperçus d'un personnalisme stupéfiant.
Intelligence d'homme désorientée dans un cerveau
féminin, elle avait su, dans ces quatre années,
pénétrer Stendhal et s'assimiler toute la dédaigneuse et sceptique philosophie de Balzac, dont
elle avouait faire le plus grand cas. A dix-huit ans,
elle savait presque tout de la vie, et son intuition
avait fait le reste.

Lorsqu'il me fut donné de la rencontrer, je compris sans peine combien elle devait être désirable
pour les sensuels que sont presque tous les
hommes, armée qu'elle était de toutes pièces pour
l'âpre et obstinée guerre qu'elle avait déclarée à
l'autre sexe.

Ses profonds yeux de velours où se perdait le
regard, comme dans un insondable abîme noir;
ses yeux qu'elle fermait en vous regardant,
comme si elle eût craint de vous flamber de leur
rayonnement, alors que ce n'était que pour montrer la beauté de ses cils; ses narines papillon-
nantes, battant de l'aile incessamment, au-dessus
d'une bouche d'un rouge sans cesse ravivé par les

5

dents impatientes qui l'ensanglantaient; sa lèvre
si impertinemment duvetée à la commissure, et
burinée d'un pli moqueur, tout cela n'était rien à
côté des frétillements de sa croupe onduleuse qui
semait les désirs autour d'elle, et de l'impudente
cataracte de rubans qui bouillonnait au bas de ses
reins indéniablement moulés pour l'amour.

Le carmin mouillé de sa bouche tentait si irrésistiblement le baiser que les lèvres des hommes
s'allongeaient sur son passage, dans la moue
inconsciente d'un désir qui se trahissait incoerci-
blement. Et tout autour d'elle flottait, invisible,
comme une attraction magnétique, laquelle grisait
les cerveaux et troublait les volontés des plus
fiers qui venaient émousser leurs audaces contre
l'impassibilité de sa froideur. Les éphèbes qu'affo-
lait le rayonnement de ses yeux noirs pantelaient
à ses côtés dans les a parte mystérieux que sa
perversité leur ménageait.

Et, quand, incités par les discussions scabreuses
et les conversations au poivre rouge, pimentées
d'allusions risquées et de sous-entendus décon-
certants où elle excellait; quand, désorientés par

les énormes « indécences » avec lesquelles elle jonglait, en clown exquise, sans que rien dans sa physionomie ne révélât qu'elle prît plaisir à ce jeu bien fait pour désarçonner les naïfs ; quand, émus, haletants, les tempes moites, le pouls battant la charge, le regard voilé, ils poussaient la logique jusqu'à vouloir passer de la théorie à la pratique, Désirée se levait dans un superbe mouvement cambré d'impératrice outragée, leur cinglait la figure d'un « Monsieur! » où vibrait le mépris le plus indiscutablement insultant et les figeait, dans l'ahurissement, d'un regard où ne se lisait plus que l'indignation et le dégoût le plus honnêtement du monde simulés.

Et même, à la disposition de ceux qui voulaient aller plus loin, elle tenait un stylet dont la lame étincelait à sa jarretière, — à l'espagnole.

Il lui prit fantaisie de se marier — et c'est ici le cas de dire, sans y vouloir attacher aucune intention d'esprit facile, *contre* un officier de marine qu'elle semblait, le mois d'avant, tenir plus spécialement en haine. Était-ce que la suffisance de ce bellâtre qui se vantait de réduire les plus âpres l'avait agacée, et qu'elle l'avait, pour ce fait, particulièrement choisi pour être le bouc émissaire de toute l'humanité mâle ?

Toujours est-il qu'au lendemain même de son mariage, au lendemain de sa nuit de noces, qu'il avait passée piteusement à la porte de la chambre conjugale, le mari bafoué, après une terrible explication avec Désirée qui lui cracha son dégoût au visage et lui dévoila sa formelle résolution de n'être jamais sa femme, le mari demandait comme une faveur de faire partie de je ne sais quelle expédition lointaine où il se faisait désespérément tuer, quelques mois après.

Dans le monde, où rien de ce petit drame intime n'avait transpiré, dans le monde, dont elle ne manquait jamais un bal, les délais d'usage expirés, on la tenait pour une « infortunée jeune femme digne de tous les intérêts par suite de ce malheur qui l'avait si précocement frappée ». Les invitations, au reste, ne lui manquaient pas, la plupart la conviant à leurs fêtes autant pour « distraire l'inconsolée » que pour éclairer leurs soirées de l'éblouissement de ses sculpturales épaules.

Il y avait bien un lustre que je l'avais perdue de vue, lorsque je me trouvai inopinément presque face à face avec elle, à un bal officiel où j'avais été en quelque sorte contraint de traîner ma déplorable manie d'observation. Ces cinq ou six années ne l'avaient que très peu changée. C'étaient toujours les mêmes yeux incandescents, la même bouche imperceptiblement narquoise, le même nez busqué, aux narines éternellement mobiles.

Elle s'était épanouie, voilà tout. Le buste, impertinemment découvert, étalait maintenant des opulences sans exagération dont le satin miroitait avec une chaste impudeur sous la lumière tremblottante qui tombait des bougies.

Elle valsait en ce moment avec un tout jeune attaché d'ambassade, sur lequel son décolletage outrecuidant de hardiesse semblait produire un effet extraordinaire.

J'attendis patiemment qu'elle fut seule pour lui présenter mes hommages; je me réjouissais à la pensée de l'intéressant petit voyage de découverte qu'il me serait donné de continuer autour et au fond de cette femme dont ces quelques années devaient avoir augmenté, perfectionné et modifié peut-être la perversité. Je supposais qu'elle ne devait pas avoir abandonné ses chères anciennes habitudes d'*allumage* auxquelles son déjà vieux mariage avait dû imprimer une nouvelle direction.

Mon regard ne quittait pas une seconde le couple tourbillonnant. Je crus voir que le jeune valseur paraissait ému plus qu'il ne convenait par le corsage dont on lui étalait la richesse si à portée du regard. Soudain je le vis blémir atrocement, abandonner brusquement sa danseuse et se dissimuler dans les groupes en titubant comme un homme ivre. L'incident passa inaperçu au milieu du brouhaha général. Elle, cependant, un imperceptible sourire au coin de la lèvre, se disposait à se retirer dans un salon voisin, où je me mis en devoir de la rejoindre, quand un autre habit noir l'accosta, la suppliant de lui « octroyer la faveur » de finir la valse avec elle. L'énigmatique sourire de tout à l'heure reparut sur ses lèvres et tout en s'abandonnant elle murmura : « *Finir*, croyez-vous? » Et le tourbillon les emporta.

Ils semblaient causer, lui pressant, patelin et subjugué, elle dédaigneuse et hautaine mais, inconséquence étrange, absolument collée à lui, corps à corps, dans un enlacement de bras et un entrecroisement de cuisses des plus inexplicablement en désaccord avec l'expression de son visage. Ils tournaient, si intimement liés, poitrine à poitrine et ventre à ventre, dans une telle promiscuité de soie plaquée et de drap tendu qu'ils semblaient ne faire qu'un....

Tout à coup, comme l'autre, je vis ce nouveau valseur haleter, diminuer son étreinte, verdir invraisemblablement, lâcher sa danseuse et se diriger d'un pas hésitant, courbé comme sous un faix invisible, vers un siège où il s'affala, terrassé et comme honteux, les cuisses subitement croisées l'une sur l'autre.

Elle, toujours implacablement calme, tapotait à petits coups les plissés de sa jupe pour leur faire reprendre leurs bouffements habituels.

— Toujours effroyablement perverse, comme par le passé, lui murmurai-je en l'abordant.

— Tiens, c'est vous, s'exclama-t-elle dans un étonnement, qu'étiez-vous donc devenu?

— Si je vous disais que je vous ai fui?

Elle ricana :

— Je n'y croirais pas... Je parie, sourit-elle en jetant un coup d'œil derrière elle, pour voir si personne ne pouvait entendre, je parie que vous m'espionniez encore!

— Absolument, répondis-je. Cela m'intéresse de voir avec quel art profond vous versez l'absinthe à ces pauvres pitoyables hommes sans jamais les convier, une bonne fois..., au banquet.

— Bah! conclut-elle d'un petit ton dégagé, cela m'amuse. Puis, après tout, ce n'est pas mon affaire... qu'ils s'arrangent!

L'ADIEU DE GEORGES

L'ADIEU DE GEORGES

on cher, c'est ton tour, fîmes-nous à Georges, jusque-là silencieux derrière un rempart de fumée qu'il tirait à petits coups réguliers et méthodiques de sa longue pipe en terre.

— Vous savez bien, répondit-il lentement, que mes histoires, à moi, ne sont jamais amusantes, puisqu'elles ne concluent pas. Qui diable peut s'intéresser à une aventure sans dénouement?

C'était en effet un étrange garçon que Kerbihan. Spirituel comme Rivarol, pervers comme Lovelace et fat

comme Lauzun, il avait, des femmes, un si singulier mépris que son unique distraction était de
s'en faire aimer, puis de clore l'intrigue juste au
moment où il semblait toucher au but, prétendant
que rien ne valait la jouissance de troubler à
jamais le cœur d'une femme.

C'était une revanche terrible qu'il prenait, à lui
seul, des faciles victoires qu'elles remportent,
d'ordinaire, sur les hommes moins vigoureuse-
ment trempés que lui.

J'adorais lui entendre raconter une de ces histoires, qui lui étaient arrivées en nombre d'autant
plus grand qu'il ne les cherchait point. Et il les
détaillait avec une fatuité amusante, à la fois tranquille et se gouaillant elle-même.

J'insistais donc particulièrement ce soir-là,
convaincu qu'il ne résisterait pas longtemps au
plaisir de nous narrer encore quelqu'une de ces
aventures, si curieusement écourtées toutes de
leur conclusion naturelle.

— Après tout, reprit-il avec un sourire qui disait
le contraire, si vous vous ennuyez, vous avez
le droit de dormir, et cela vaut mieux que de

s'aller glacer les os en sortant par ce temps de chien.

Vous m'avez plusieurs fois demandé, en indiscrets que vous êtes, pourquoi j'avais si brusquement cessé d'aller aux réceptions d'hiver de la baronne de Rivels. Je veux ce soir vous donner le mot de l'énigme.

Invité, en juin dernier, à passer un mois chez un ami commun à quelques dix lieues de Paris, j'y trouvai installée — soit coïncidence, soit combinaison de l'ami ou d'elle, — la baronne, avec son mari.

A Paris, dans son salon, où ses devoirs de maîtresse de maison l'absorbent tout entière, je n'avais jamais songer à risquer une déclaration; mais dans cette campagne retirée, devant la perspective d'un long mois de farniente à passer, je résolus de me permettre cette fantaisie, histoire de me refaire la main. La baronne paraissait du reste dans d'excellentes conditions de réceptivité d'amour, affligée qu'elle est, comme vous le savez, de ce mari podagre, catarrheux et paraplégique dont elle n'a épousé que le titre.

L'impertinent dédain, dont elle était bardée à l'endroit des soupirants imbéciles qui papillonnaient autour de ses trente ans, me poussait à lui donner une leçon.

Je n'entrerai pas dans le détail des hostilités, ceci importe peu. Qu'il vous suffise de savoir qu'au bout de quinze jours, dans les conditions d'ennui en général et de mari en particulier où elle se trouvait, la baronne était prise. Nos jambes s'entrelaçaient sous toutes les tables. Nos mains et nos lèvres se rencontraient dans toutes les ombres. Bref, le moment *physiologique* était arrivé, et, naturellement, j'évitai dès lors toutes les occasions de finir avec le même soin méticuleux qu'un autre aurait mis à les chercher.

De reculs en reculs, de retards en retards, le jour arriva où il lui fallut quitter B... Elle m'avait plus d'une fois donné à entendre qu'elle comptait bien me revoir à Paris, et profiter des licences de la vie parisienne pour écrire au bas du roman le classique mot fin.

Je la laissai faire son petit programme et m'exposer ses machiavéliques combinaisons, sans m'engager d'aucune sorte.

La veille de son départ, j'eus comme un vague pressentiment qu'elle viendrait rôder la nuit près de ma chambre, sous un prétexte quelconque, pour me dire un dernier adieu.

Ma chambre donnait sur une petite cour carrée, dont la maison formait un côté, un grand mur vêtu de lierre et les communs les deux autres, et qui se continuait, par le quatrième, avec le vaste jardin anglais de l'habitation. A droite, immédiatement en entrant dans le jardin, mais dissimulés derrière un bouquet d'arbres, se trouvaient les... — il faut bien nommer ces innommables, puisque c'est là que va se passer une partie de l'action — à droite donc, les water-closets.

J'avais laissé ma fenêtre ouverte. Il faisait une nuit superbe. L'haleine des résédas et des héliotropes m'arrivait, par bouffées, du jardin silencieux, délicieusement éclairé par la lune qui découpait, en blanc électrique, sur le sable fin des allées, les grosses masses assombries des polonias touffus et des énormes maronniers.

Tout à coup, vers minuit, deux pas très distincts et très différents, l'un rapide et léger, l'autre très lourd et quasi-titubant, vinrent troubler la quiétude endormie de la maison.

La voilà, pensais-je, mais pourquoi diable n'est-elle pas seule?

La porte qui donnait dans la cour s'ouvrit, déverrouillée bruyamment par des mains qu'on sentait hésitantes et inhabituées, puis des bottines tapotèrent le pavé de la cour, accompagnées en sourdine par un traînement de savates, Je me penchai par la fenêtre. C'était Elle, en négligé de nuit, toute blanche dans son long peignoir qu'elle relevait d'une main, pendant que l'autre soutenait l'impotent conjugal. Le malheureux avait été pris nocturnement par un de ces besoins inqualifiables auxquels il ne pouvait jamais vaquer seul; et sa femme l'accompagnait;

stoïquement résignée comme toujours aux dégoûts de ces écœurants soins de garde-malade, mais frissonnant déjà, presque irrésistiblement, sous la nausée qui lui montait de jour en jour plus près des lèvres.

Ils disparurent dans le bosquet, puis elle revint seule, se campant instinctivement sur la limite de la petite cour et du jardin, juste en face de ma fenêtre. Je lui fis un signe de la main, auquel elle répondit discrètement, un peu gênée par la crainte d'être aperçue de son paralytique.

Soudain, une idée folle me traversa le cerveau. J'avais là l'occasion, peut-être unique, de la revoir une dernière fois, et je résolus de le faire dans des circonstances telles que le souvenir en fut ineffaçablement gravé dans sa mémoire.

Enjambant résolûment la fenêtre, je me dirigeai, un pied dans la gouttière et l'autre sur le toit, jusqu'à un petit grenier distant de quelques mètres, contre la porte duquel s'appuyait une échelle. A priori, le projet semblait insensé, mais, entre nous, l'exécution en était facile et sans le moindre danger. Pourtant, vue d'en bas, par cette femme haletante de peur, et dont l'amour exagérait tout, j'étais bien sûr que ma silhouette découpée sur le toit, dans un rayon de lune, était d'un effet fantastique.

En quelques secondes, j'étais dans la cour, et je la reçus dans mes bras, pâle et demi-morte de terreur, tellement émue, qu'elle ne put articuler que ces quatre mots : « Ah! que je t'aime! »

Et, m'étreignant éperdûment de ses deux bras, elle me couvrit de baisers fous sans même penser qu'on pouvait l'entendre et qu'elle se perdait. Elle m'appartenait si bien et tout entière, à cette heure, que je n'aurais eu qu'un mot à dire pour qu'elle se donnât à moi, là, instantanément, à deux pas du mari, parfaitement oublié pour le moment.

Mais tout à coup le bruit sec d'un papier qu'on déchire retentit dans le bosquet, et la voix traînarde et pleureuse de M. de Rivels gémit :

« Louise, où es-tu donc ? » Cette pauvre et navrante moitié de mari appelait sa femme pour qu'elle le reboutonnât.

Louise brusquement et lourdement retomba des hauteurs étoilées de son rêve dans l'épouvantable réalité. Le boulet qu'elle traînait au pied la rappelait à sa chaîne.

Elle ne jeta qu'un rugissement « Ah ! » Mais ses traits subitement contractés, exprimaient un dégoût si profond et une si intense horreur que si je lui avais mis un couteau à la main, à cet instant, elle eût été immanquablement, poussée par une irrésistible force magnétique, le planter dans le cœur de son mari.

Brusquement je m'arrachai à son étreinte, et repris le chemin aérien de ma chambre, satisfait d'avoir rayé indélébilement le marbre de son indifférence et soulevé une inapaisable tempête sur le lac si longtemps endormi de sa présomptueuse tranquillité d'auparavant. Et je résolus de ne la jamais revoir, certain que mon souvenir était désormais cloué à sa vie, inévitablement évoqué, les soirs de lune, par l'éternelle loi des contrastes, côte à côte avec ce cauchemar : le *papier* conjugal.

Voilà pourquoi j'ai cessé d'aller aux réceptions d'hiver de la baronne de Rivels.

PENDANT LA CURE

PENDANT LA CURE

tait-elle brune? Certains le prétendaient, s'appuyant sur ce fait que ses cheveux avaient le lustre et l'intensité de noir de l'aile du corbeau.

Était-elle blonde? On eût tout aussi bien pu l'affirmer, avec ceux qui faisaient remarquer ses yeux glauques, profonds comme la mer, dont ils reflétaient la couleur, et le satin rose, à grain serré, éblouissant et transparent qui lui servait de peau.

Son médecin, plus brutal, l'avait déclarée phtisique. Au premier degré seu-

lement, c'est vrai, — des craquements crépitaient,
à l'inspiration, au sommet du poumon gauche, —
mais il n'était que temps d'enrayer la maladie et
d'empêcher l'éclosion des tubercules : aussi il lui
avait ordonné une cure de petit lait, en mai, trente
jours seulement, pas un de plus, pas un de moins,
à la campagne, dans une petite ville de l'Orne, où
il avait des amis auxquels il recommanderait particulièrement sa jolie cliente.

Elle avait fait la moue et froncé, devant l'ordonnance, l'arc touffu de ses sourcils de velours. Mais
il fallait obéir, et, laissant à Paris ses deux enfants
à la garde de son mari, retenu par son commerce,
elle, Bérangère, un joli nom qu'elle portait à ravir,
était venue s'installer à Monthué-sur-Huisne,
résignée à l'ennui de ces trente jours à passer sans
distraction probable, dans ce *trou* de dix-huit
cents habitants, très vraisemblablement plus bour-
geois les uns que les autres.

Une chose la consola un peu en arrivant, c'est
que sa chambre, à l'Hôtel de la Poste, situé tout
au bout de la petite ville, en bas de la rue des
Moulins, ouvrait ses deux fenêtres sur une pers-

pective égayante et rieuse. La route, large et
blanche, commençait là, bordée de deux rangées
de platanes dont les branches étaient presque
toutes, déjà, habillées de leurs feuilles. La rivière
coulait à deux pas de l'hôtel, s'étranglait soudain
sous un pont de pierre à deux arches et s'élar-
gissait presque immédiatement, pour s'allonger,
tranquille et miroitante, le long d'une promenade
superbe plantée d'immenses peupliers sécu-
laires et gazonnée tout à neuf par le tapissier
Printemps.

Elle devint presque gaie à l'espoir de ces déli-
cieuses après-midi qu'elle entrevoyait, passées,
sur son pliant, à regarder couler l'eau en faisant
du crochet.

Le dimanche venu, elle voulut aller à la messe,
par désœuvrement. Et puis, songeait-elle, à la
campagne il faut faire comme tout le monde. Elle
ne voulait pas *choquer* ces braves gens.

La propriétaire de l'hôtel lui offrit une place
dans son banc, qu'elle accepta, se souciant peu de
s'asseoir sur une chaise, au bas de l'église, pêle-
mêle avec les paysans venus à la ville pour le

marché, et traitant presque tout haut, pendant
l'office, de leurs petites affaires.

Bérangère arriva juste au moment où la procession, enfants de chœur en tête, chantres au milieu
et vicaire en queue, faisait le tour des nefs. Elle
réprima à grand peine un sourire en voyant
passer, grotesque sous sa chape effiloquée, le
sacristain qui soufflait dans un énorme ophi-
cléide pour accompagner le nazillement des
chantres.

Cette impression toutefois passa vite. Elle avait
aperçu le vicaire, qui, de son côté, avait coulé un
regard rapide vers cette paroissienne piquante,
rebondie et étonnée qu'il n'avait pas vue encore.

— Tiens! mais il est joli! songea-t-elle.

Grand, les cheveux longs rejetés en arrière et
bien plantés sur son front haut, la figure énergique
et l'œil hardi, le nez droit sur une bouche aux
lèvres fines, un peu bleuies par le rasoir, le vicaire
avait ce qu'on est convenu d'appeler une tête à
caractère...

Distraction comme une autre, huit jours ne
s'étaient pas écoulés qu'elle trouva amusant

d'aller à confesse à lui. Elle se promettait comme une sensation nouvelle, mal définie, dans ce tête à tête absolu avec ce beau garçon à qui elle chuchotterait ses petits péchés mignons, plus ou moins fantaisistes, dans le silence du confessionnal.

Elle qui, à Paris, s'était peu à peu déshabituée de ses « devoirs religieux, » ridiculisés sourdement par un mari athée, elle n'avait vu tout d'abord qu'une partie de plaisir un peu spéciale mais « drôle, » comme elle disait, dans ce projet de confession, qui lui était venu tout à coup.

La seconde fois qu'elle y retourna, elle eut comme un pressentiment qu'il y avait mieux à faire, que le plaisir pouvait devenir intense et la distraction terrible... pour un autre. Et, presque instinctivement, sans raisonner ce qu'elle faisait, elle mit sa robe « bronze » dont le décolletage en carré, voilé par une gaze fine qui n'était qu'une loupe pour l'œil, laissait voir les deux seins, frileusement serrés l'un contre l'autre, et semblables, avec leurs deux rondeurs roses, aux fesses satinées d'un enfantelet. Et cela sentait irrésistiblement bon, car elle avait eu soin d'y glisser un sachet d'héliotrope dont le parfum pénétrant rayonnait autour d'elle.

Il n'y avait personne quand elle arriva dans la petite église, mystiquement éclairée par un jour discret que tamisaient au passage les verres multi-colores des vieux vitraux poussiéreux.

Le prêtre, mandé par elle, arriva presque aussitôt. Il ouvrit la porte du confessionnal et mit son surplis blanc, sans manche, pendant que Bérangère s'agenouillait avec un bruit de robe froissée bouillonnant et débordant par dessous le rideau de serge verte, jusqu'à ses petits talons qui montraient coquettement leurs pointes sous le flot des dentelles du jupon et des volants de la robe. Le confessionnal était baigné tout entier dans une atmosphère grisante d'héliotrope.

Le guichet s'ouvrit, et le regard de Bérangère rencontra les yeux du prêtre qui ardaient dans l'ombre.

La confession commença. La fantaisiste péni-tente avait préparé pour cette séance le récit le plus émotionnant d'un rêve étrange qu'elle dit avoir eu la nuit dernière; elle voulait savoir

jusqu'à quel degré elle était responsable de ce
dérèglement d'imagination, jusqu'à quel point
c'était péché de s'être complu dans la... contemplation de ces... tableaux que le démon, bien sûr!
avait, la nuit, fait passer devant elle. Et elle trouvait des mots adorablement transparents et des
expressions sataniquement chastes, pour peindre
au pauvre vicaire qui, de sa vie de confesseur,
n'en avait jamais tant entendu, le désordre de
ses sens pendant ce rêve terrible, et l'émotion
bouleversante qui l'avait toute troublée, et dont,
à l'heure actuelle, elle gardait encore la vibration.

En vérité, cette vibration avait dû se propager
jusqu'au vicaire, car, lorsqu'elle eût fini, le « mon
enfant » qui sortit de ses lèvres fut prononcé d'une
voix si tremblante et si altérée qu'elle l'entendit à
peine.

Enfin, elle sortit, troublant la quiétude de la
vieille église du froufrou de sa robe et laissant à sa
suite un long et persistant sillage.

Elle ralentit le pas dans la grande allée d'ormes
qui va de l'église au presbytère, pressentant qu'il
la suivait de l'œil ; puis, tout à coup, sûre qu'il

était là, derrière, à vingt pas, les yeux sur elle, elle se baissa un peu, cambrant sa jolie taille, ramassa ses jupes avec un geste coquet, les secoua légèrement pour faire tomber le jupon et, dans une éclaircie rapide, montra sa jambe qui se dessina un instant, noire sur blanc, flèche du Parthe qui s'enfonça jusqu'aux pennes dans le cœur du prêtre, puis elle repartit, de l'air le plus naturel du monde, en tapotant le trottoir de la pointe de ses petits talons cuivrés.

En ville, on commençait à cancanner fort. On trouvait que la parisienne était bien pieuse, qu'il était au moins bizarre qu'elle allât à confesse deux ou trois fois par semaine et qu'enfin il n'était nullement nécessaire de s'*endimancher* pour cela. Que n'eût-on pas dit si on avait vu, sous la visite bordée de marabout dont elle s'enveloppait chaque fois à dessein, le piège à naïfs, appaté si affriolamment, tendu traîtreusement au milieu du corsage de la robe bronze.

Les mauvaises langues ajoutaient même que jamais le vicaire n'avait été si pâle, et que la parisienne devait certainement être pour quelque chose dans le gonflement de ses yeux et dans le creusement de ses joues. Sa voix qui, jadis, retentissait sonore et pleine, sous la voûte de l'église, s'était voilée subitement comme s'il y avait par là quelque chose de cassé et c'était pitié maintenant de l'entendre entonner le *Credo*.

Bérangère, instruite de ces bruits, s'en amusait. Elle n'avait plus qu'une huitaine à passer à Montué-sur-Huisne et ses trente jours avaient été très remplis. Cependant, s'intéressant au jeu, elle résolut de finir par un coup de maître. Elle sentait bien maintenant le prêtre entièrement conquis, tout à elle. Elle entendait, à chaque confession, sa respiration siffler, haletante et angoissée. Ils avaient peu à peu rapproché leurs têtes de la grille, et, un soir qu'elle y avait, comme par mégarde, appuyé son front, elle avait senti une haleine chaude lui courir dans les cheveux tout à coup. Le jugeant arrivé au point voulu, elle s'en alla, la veille de son départ, une dernière fois à confesse.

— Mon père, lui dit-elle, j'ai aujourd'hui une grave communication à vous faire et j'ai ce doute

horrible que vous ne puissiez me donner l'absolution. J'aime un prêtre. Oh ! je sais, continua-t-elle,
feignant de se méprendre sur la signification du
tressaillement qu'avait eu le vicaire, je comprends
la profondeur de mon crime, aussi est-ce un conseil que je viens vous demander et non pas le
pardon ; c'est au directeur que je parle et non au
confesseur.

Et elle se cacha la tête dans ses mains en
sanglotant.

Un silence s'était fait, terrible... Enfin, le prêtre
murmura d'une voix à peine distincte.

— Revenez demain, madame... je... j'ai besoin
de réfléchir.

Le lendemain, Bérangère quittait Montué-sur-
Huisne, toute guillerette et tout heureuse d'avoir
si bien occupé ses trente jours.

Elle avait fini sa cure de lait.

MORALISTE!

MORALISTE !

Savez-vous, interrompit-elle tout à coup, que vous êtes bien le personnage le plus impertinemment enigmatique que j'aie rencontré? C'est à peine si vous me connaissez depuis deux heures, à peine si vous savez que l'on me nomme Céline, que j'ai vingt ans et les nerfs très irritables, et, ces deux heures, vous les avez passées à me râcler, —narquoisement —de la guitare d'amour. Oh! en virtuose, je n'y contredirai pas! vous avez le doigt sûr et possédez à merveille votre instrument.

— Pourquoi diable, s'étonna Kerbihan, me récitez-vous une phrase de Banville.

Soyez donc vous-même, ma chère, ne fût-ce qu'un
instant, et épargnez-moi l'ennui de ces locutions
toutes faites que vous me débitez dans le but de
me faire croire que « vous n'êtes pas comme les
autres. » Toutes les femmes ont cette prétention
là, fussent-elles, comme vous, dénichées en un
coin de brasserie, un beau soir de désœuvrement,
par un flâneur éclectique comme moi, en quête
de l'introuvable neuf.

— Cela n'est pas une réponse, et vous éludez, ce
me semble, ma question, reprit Céline. J'avoue
que vous m'avez intrigué par votre étrange manière
d'être avec moi, et votre ironie persifleuse a plus
fait pour vous dégager de la foule de mes soupirants que l'agenouillement bêtement banal avec
lequel les autres se perdent. Mais enfin, et j'insiste
sur ce point, quel est votre but?

— Eh parbleu, fit Georges, je n'en ai aucun. Je
suis entré ici parce que j'avais soif et que je pré-
fère être servi par une femme que par un homme.
Je me suis assis à vos tables parce qu'elles étaient
les plus proches de la porte, je vous ai dit mille
folies, parce que j'ai une nouvelle à faire et que

j'adore, pour me mettre en train, m'absinther avec la conversation — toujours pimentée — d'une femme intelligente. Il s'est, très par hasard, trouvé que vous l'étiez, c'est pourquoi j'ai bavardé si longtemps... Ai-je été impertinent? Cela se peut, mais j'ai eu raison, puisque vous ne m'en voulez pas.

— Eh mais! vous désappointez fort cavalièrement les gens... Et pourquoi, s'il vous plaît, ne me feriez-vous pas — sérieusement — la cour.

— Vous moquez-vous, ma chère? Vous fais-je donc l'effet d'un chef de rayon du Louvre, et me croyez-vous assez « potache » pour vous rééditer les platitudes coutumières aux petits jeunes gens qui viennent tous les dimanches, jour de sortie, fanfaronner autour de vos petites personnes leurs petits vices encore au biberon.

— Il me paraît pourtant qu'une « cour » faite par vous ne manquerait pas d'imprévu.

— Eh parbleu! je suis de votre avis, mais nous serions, vous et moi, si persuadés que cela serait en toc! Et l'intérêt en souffrirait. Et puis quoi? Il faut être moderne! le temps des marivaudages est passé, et cela serait un inutile anachronisme que de faire l'amour autrement qu'à la manière de ses contemporains. Tenez, regardez autour de nous, à ces tables de marbre où des filles artificiellement blafardes sirotent, à petits coups de langue, des chartreuses vertes ou jaunes, à côté d'un monsieur qui, prosaïquement, vide un bock. Voulez-vous que, comme lui à elle, je vous demande si « vous voulez coucher avec moi. » Car toute la *cour* qu'il lui fait se résume en ce mot là, et, l'affaire une fois conclue, il va attendre la sortie en trompant son ennui avec d'autres bocks pour lui et d'autres chartreuses pour elle — il faut bien qu'elle « fasse sa caisse » — et la roublarde aune son amour sur le nombre de chartreuses qu'il lui paiera. Est-ce donc cette *cour là* que vous me demandez ?

— Vous êtes insupportable... mais cela me plaît ainsi. Voulez-vous m'attendre, continua-t-elle, câline, la brasserie va fermer dans quelques minutes, et vous me reconduirez un bout de chemin.

— Oui, répondit Georges, assez froidement, à

la condition que vous m'affirmerez que « mon
bonheur » ne doit faire aucun jaloux.

— Aucun, je suis seule.

— Seule !.. depuis ce matin ?

— Depuis deux mois... pour des raisons que je
me dispenserai de vous dire, vous prétendriez
encore que je me vante.

Un quart d'heure après, ils montaient ensemble,
lentement, la rue Monsieur-le-Prince.

— J'habite rue de Tournon, mais si vous voulez,
dit-elle, comme il fait une nuit superbe nous allons
faire le grand tour... J'ai lu dans les *Diaboliques*
que les hommes qui avaient la barbe et les cheveux
de couleur différente étaient faux.

— Et à quel propos cette réminiscence, s'enquit
Georges avec un pli goguenard au coin de la lèvre ?

— A propos de votre barbe qui est blonde, et de
vos cheveux qui sont châtains....

— Et vous en concluez.

— Que d'Aurevilly a raison, car vous êtes d'une
désespérante fausseté.

— Il faudrait s'entendre sur ce mot là, ma chère,
les femmes lui donnant toujours un sens à elles.

Mais pourquoi me faites-vous l'honneur de m'ana-
lyser ainsi ?

— Vous m'intriguez, vous dis-je, et je ne puis
m'empêcher de chercher pourquoi vous êtes
resté trois heures à bavarder ainsi ce soir avec
moi.

— Ne cherchez pas... je n'avais d'autre intention
que de « faire de la copie. »

— Fat !

— Je m'attendais à cette épithète, mais c'est vous
qui la méritez pour le moment.

— Ah bah !

— Oui, puisque vous ne pouvez vous imaginer
que j'aie passé trois heures auprès de vous sans
vous *désirer* un brin.

— Et quand cela serait ?...,

— Cela n'est pas. Admettons un moment que je
vous fasse sérieusement la proposition que faisait,
à sa voisine, au café, le monsieur de tout à
l'heure ; admettons, hypothèse présomptueuse,
que vous daigniez y acquiescer, (ne vous y
trompez pas) « daigniez » est encore une ironie,
admettons même que nous allions jusqu'à faire,

l'un avec l'autre, tout ce qu'il est convenu qu'un
homme et une femme fassent ensemble, sous prétexte d'amour ; admettons enfin que nous pimen-
tions ce duo de tous les raffinements de la science
— que vous n'avez pas, mais ès laquelle je suis
docteur ? — Et bien, après ?

— Comment, après !

— Oui, le lendemain, quand ce sera *fini*... nous
serons bien contraints de confesser — puisque
nous sommes intelligents — que nous nous
sommes montrés vulgaires, stupides et sales ; et
que ces fameuses amours ne sont qu'un pastiche,
plus ou moins réussi, des amours du cordonnier
du coin... Qu'avez-vous à répondre à cela ?

— Rien, fit-elle, très visiblement agacée, en
tirant nerveusement le cordon de sa sonnette,
votre nouvelle doit être faite, mon cher, adieu !

Et elle disparut dans l'ombre de la porte cochère
qui se referma bruyamment.

Une fois seul, Kerbihan secoua négligemment
d'une pichenette un peu de poudre de riz qui blan-
chissait le revers de sa jaquette, et remonta d'un
pas lent la rue Vaugirard.

Et comme, vingt pas plus loin, dans l'entre-
baillement d'une porte obscure, une femme l'arrêtait par la manche en faisant avec la bouche un
bruit de bouteille qui se vide, il MONTA.

ESCARMOUCHES

ESCARMOUCHES

u ciel barbouillé d'ocre, cet après-
midi là, tombait un ennui morne,
et comme les amis que coudoyait
sa flânerie, au boulevard Saint-
Michel, ne savaient lui parler que
de l' « affaire Hugues » ou des quatre
balles si inexplicablement accumulées
dans le canon du revolver Ballerich,
Kerbihan entra dans une brasserie,
qu'il savait peu fréquentée, de la place
de la Sorbonne.

Dans la salle longue où bâillaient les
filles, se chauffant les tibias, jupes trous-

sées, à l'unique poêle, en attendant de problématiques clients, le gaz était déjà allumé, bien que le coucou plaqué à la muraille au-dessus de la caisse, affirmât à peine trois heures.

A son entrée, toutes les femmes se levèrent, se dirigeant vers leurs tables respectives, avec un appel d'œil engageant.

Kerbihan qui fréquentait peu dans ces sortes d'établissements, ne connaissait aucune des tireuses de bocks. Indifférent à l'une comme à l'autre, il poussa jusqu'au fond, afin d'être plus tranquille.

Sitôt qu'elle le vit en train de s'installer à ses tables, une des filles s'approcha de lui et lui demanda, en le dévisageant curieusement, ce qu'il voulait prendre.

Et elle fut surprise de la douceur caressante de sa voix, où l'on sentait comme le trémolo d'une émotion sourde et mal contenue, quand il lui répondit : — Du café.

C'est que soudain lui était venue l'idée de cette

distraction : jouer l'ingénu auprès de cette plantureuse fille dont les yeux ne quittaient pas les
siens.

— Qu'est-ce que tu m'offres? murmura-t-elle un
peu embarrassée, pour dire quelque chose.

Car il l'avait tout d'abord intéressée. Elle le
voyait si différent des autres : étudiants ou
calicots braillards, grossiers, bêtement spirituels
et ressasseurs de calembours surannés, qui
venaient par bandes, gavés de bocks et puant le
cigare pas sec, faire « flanelle » en monôme, à la
brasserie. La douceur voilée de sa voix, la lueur
embrumée de son regard, l'avaient presque con-
quise, à première vue, elle qui pourtant « en avait
vu de toutes les couleurs » depuis les dix ans bientôt qu'elle roulait au Quartier.

Tout de même, lorsqu'à cette question, qu'elle
avait posée machinalement, par habitude, Kerbihan, sur un ton parfait de grâce et de courtoisie,
lui répondit : — « Ce qu'il vous plaira, mademoiselle », elle resta tout interloquée, sans bouger, à
le regarder dans les yeux, se demandant de quelle
lune aérolithait ce naïf qui donnait si libérale-

ment du « mademoiselle » aux « grenouilles » de
brasserie.

— Je prendrai un bock, dit-elle enfin... Tiens,
vois-tu, faut que je te dise, tu m'as semblé gentil
comme ça tout de suite. C'est pour ça que je prends
un bock. ça ne coûte que six sous... Les autres
michets je les fais casquer. C'est bon qu'à ça les
michets... Alors je me paye de la menthe
verte. Je ne peux pas la sentir, mais ça coûte
quinze sous et nous avons deux sous par consom-
mation...

Lui, la regardait parler ; avait des bouches
bées très réussies; des mines attendries, recon-
naissantes ; des airs admiratifs. Elle avait les
lèvres très en relief, d'un rouge vif, et les essuyait
à chaque instant, avec son mouchoir, pour
montrer que c'était naturel, qu'elle ne se fardait
pas.

— Mais toi, qu'est-ce que tu fais?

Kerbihan se confessa étudiant en droit. Il venait
d'arriver à Paris, il y avait un mois à peine, et
c'était la première fois qu'il s'aventurait dans une
brasserie de femmes. Aussi fallait-il qu'elle l'excu-

sât de sa gaucherie. Il était malhabile avec les
femmes, ne trouvait rien à leur dire...

Elle l'interrompit.

C'était vrai? il était si novice que ça? En vérité,
ca ne se voyait pas.

Il balbutia : Elle était trop gentille; mais il
sentait bien qu'il devait être ridicule. S'il était
entré dans cette brasserie, c'est qu'il s'attendait
à n'y rencontrer personne. Il avait plongé son
regard au travers des vitres, et n'avait aperçu
aucun client. Ça l'avait enhardi. Du reste, depuis
qu'il était à Paris, il ne pensait qu'à cela. Il
voulait absolument voir une brasserie de femmes,
se dégourdir... Il n'avait jamais eu qu'une seule
aventure dans sa vie... Oh! si petite!... une amie
de sa mère... il avait dix-sept ans... elle en avait
trente neuf...

— Eh bien, elles sont propres, les femmes de ton
pays. A trente-neuf ans! avec un gamin pareil!
Quelle cochonne!

Mais non, mais non; tout s'était borné à des
serrements de mains passionnés dans l'ombre.
Jamais on n'avait été plus loin. Jamais même il ne

l'avait embrassée. Un simple frôlement de sa jupe
le rendait tout frémissant... Le soir, quand ils
jouaient au *trente et un*, sous la lampe de famille,
elle s'arrangeait toujours pour se placer à côté de
lui, et pendant toute la partie elle mettait sa cuisse
sur sa cuisse et sa jambe s'enlaçait aux siennes.
Et la chaleur qui lui coulait dans les veines de
cette cuisse charnue, épaisse, un peu débordante,
faisait bouillonner en lui des sensations si vio-
lentes, qu'une fois il se trouva mal...

— Comment t'appelles-tu, lui demanda-t-elle
brusquement. Moi je m'appelle Louise.

— Georges, répondit-il.

Elle vint s'asseoir à côté de lui, sur la banquette, tout près, cuisse à cuisse, épaule contre
épaule.

— Vois-tu, Georges, il faut venir me voir tous
les jours, à cette heure ci, tu vois qu'il n'y a personne... Et je t'apprendrai... autre chose que ce
que t'a appris l'amie de ta mère. Je t'apprendrai...
ce qu'il faut dire aux femmes ; comment il faut

que la caresse d'une main savante monte d'abord
le long du poignet pour se hasarder ensuite dans
la manche; comment on leur prend la taille, et où
on les embrasse, quand elles ont les lèvres rouges...
conclut-elle en lui allongeant les siennes pendant
que la caissière gourmandait cette grue d'Hortense qui venait de chiper un bout de citron pour
se faire les ongles.

Kerbihan, l'air très troublé par la fin de cette
conversation, se leva en promettant de revenir le
lendemain.

Et il revint en effet, intéressé par ce jeu. Louise
du reste était tout entière à son programme. Elle
s'amusait énormément à dégourdir ce beau garçon
qui profitait si bien de ses leçons, et déjà elle lui
avait déclaré qu'il fallait absolument qu'il vint un
matin chez elle, car il lui restait une dernière
leçon, à lui donner, la décisive et la concluante,
mais cela ne pouvait se passer qu'à huis-clos.

Il avait promis; c'était entendu.

L'après-midi où il entra à la brasserie pour

décider définitivement de l'heure et du jour, il la trouva en train de lire une petite plaquette de lui : Petit Traité de la Séduction *à l'usage des Fats,* où il détaillait, de sa plume spirituelle et para-doxale, une façon assez nouvelle d'*impressionner* les femmes.

— Que lis-tu là ? interrogea-t-il.

— Rien, des bêtises, répondit-elle, très visible-ment agacée par sa lecture. Tu sais, faut pas lire cela, mon chéri, ça te donnerait de mauvaises idées sur les femmes... Je voudrais bien connaître l'auteur... En voilà un, si je le tenais !...

Et elle continua sur ce ton, exaspérée contre l'auteur qu'elle déclarait devoir être très laid. Puisqu'il avait si mauvaise opinion des femmes, c'est qu'il n'avait jamais pu réussir auprès d'aucune. Pas d'autre raison ! Et puis quoi, un beau système en vérité ! Je voudrais bien le voir, ce Kerbihan ! essayer avec moi. Ah ! par exemple ! le joli four qu'il ferait !...

Ses récriminations furent tout à coup inter-rompues par l'arrivée de deux jeunes gens qui s'installèrent à une table, près de l'entrée.

— Tiens, remarqua Louise, ils vont aux tables d'Hortense, aujourd'hui.

— Tu les connais donc? s'enquit Kerbihan qui avait reconnu deux journalistes de ses amis, de la poignée de mains révélatrice desquels il avait été protégé par l'ombre où il se trouvait.

— Parbleu! des vadrouilleurs finis. Tu t'en vas déjà?

— Oui, j'ai un rendez-vous que j'avais oublié.

— Alors à demain matin, neuf heures.

— Entendu.

Et comme il passait devant ses amis, il leur tendit rapidement la main et sortit, en homme pressé, cependant qu'ils le saluaient bruyamment d'un « adieu Kerbihan! »

A ce nom, Louise avait bondi.

— Qu'est-ce que tu dis, toi! Kerbihan? Où est-il?

— Mais... c'est lui qui sort à l'instant.

— Georges Kerbihan! l'auteur de ÇA? Et elle brandissait, d'une main que la colère faisait trembler, la plaquette de tout à l'heure.

— Mais oui, Kerbihan, *l'auteur de ça*. Kerbihan,

un madré trappeur de l'asphalte, qui a plus d'un tour dans son sac.

Louise s'écroula sur la banquette.

— Ah! la canaille! rugit-elle.

Et elle se mit à sanglotter, convulsivement.

ENTRE DEUX DRAPS

ENTRE DEUX DRAPS

h! certes! je m'en voudrais de vous raconter où ils s'étaient connus et de quelle — très banale — façon ils s'étaient aimés.

Cela dura bien deux ans.

Pourquoi ils se quittèrent?

— Cela vous intéresserait-il?

Puis, le sais-je? Cela advint, parce que tout arrive, et que tout, surtout l'amour, porte avec soi son germe de mort. Évidemment, cela je ne vous le cacherai pas, tous les torts de la rupture furent de son côté à lui.

Comme ils avaient peu d'argent, qu'elle

le savait très friand de linge blanc, invraisemblablement renouvelé, et que la blanchisseuse était
trop chère, elle employait son dimanche, — toute
la semaine elle travaillait dans une raffinerie
— à laver son linge elle-même, au lavoir commun.

— C'est assommant, ma chère, grommelait-il,
quand il rentrait le soir, ta chambre exhale une
atroce odeur de lessive qui vous prend à la gorge.
Quelle drôle d'idée tu as de faire sécher ton
linge ici.

— Et où veux-tu que je le fasse sécher? répon-
dait-elle doucement.

— Puis tes baisers empestent abominablement
le sucre. Que diable! tu dois ruiner ton patron à
grignoter ainsi tous ses bonbons et à sucer toutes
ses dragées.

Elle n'osait lui dire que c'était pour tromper sa
faim qu'elle se détraquait ainsi l'estomac avec des
pralines sournoisement chipées dans les petites
boîtes en carton blanc où s'étale le mot *baptême* en
lettre d'or.

Un soir, en rentrant de son travail, elle trouva

sur sa table de nuit, à côté du bougeoir, cette lettre
laconique :

Ma chère Louise,

*Cela ne pouvait pas durer. Depuis un an, tu souffres
à cause de moi. Nous ne sommes pas assez riches, ni
l'un ni l'autre, pour rester ensemble. Cette misère te
tue et me navre : c'est à moi qu'il appartient d'avoir
le courage de rompre. Ta chambre est payée pour
deux mois; d'ici là tu auras le temps de trouver
quelqu'un qui, plus heureux que moi, pourra te
donner le nécessaire. Adieu! Je pars pour la province, et n'en reviendrai peut-être jamais.*

Oublie-moi; c'est le plus sage parti à prendre.

Ton

GEORGES

Louise passa une nuit atroce. Et quand elle se
leva, elle avait les yeux si gonflés et l'estomac si
serré qu'elle n'osa retourner à l'atelier par crainte
des questions indiscrètes.

Elle l'attendit pendant huit jours, conservant,
en dépit de tout, comme une vague espérance que

ce n'était pas fini, qu'il n'avait pu la quitter comme cela, et qu'il reviendrait.

Georges resta un mois sans sortir. Enfin, un matin d'avril qu'il s'était risqué sur le boulevard Saint-Michel, il la croisa soudain. Louise, à cette rencontre inopinée, blêmit si épouvantablement que ce fut à grand peine qu'il la reconnut. Elle était au bras d'un grand jeune homme pâle très bécarre, en haut de forme et en bottes vernies, qui arrondissait sur un énorme londrès deux lèvres exsangues, à peine duvetées.

Pour bien lui montrer qu'il l'avait vue, Georges descendit vivement le boulevard, et revint à leur rencontre. Elle le salua, cette fois-ci, d'un long sourire triste qui éclaira un instant sa blanche figure amaigrie.

Un autre jour ils se rencontrèrent à Bullier. Brusquement, elle vint se pendre à son bras :

— C'est toi! ah! je suis bien heureuse de te revoir. Je l'ai lâché, tu sais, je ne pouvais pas le

sentir; je suis toute seule maintenant, viens donc
me voir. Oh! en ami!...

Très froidement, il répondit qu'il savait ce qu'il
faisait quand il l'avait quittée, et que, certainement, *jamais* il ne retournerait chez elle.

Et sous prétexte d'aller acheter un cigare, il la
perdit dans le bal.

Cependant, presque malgré lui, il revint à
Bullier, fréquemment. Et c'étaient, chaque fois,
de la part de Louise, de nouvelles et plus opiniâ-
tres tentatives de le revoir, tentatives toutes
implacablement repoussées de la part de Georges
qui se souciait peu de reprendre la chaîne.

— Mais, insistait-elle, viens seulement me voir...

— Non, ce qui est fini, est fini....

— Puisque je t'affirme que ce sera en ami, et
que nous ne *ferons* rien....

— Parbleu, j'en suis bien sûr, mais je ne veux
pas me heurter, chez toi, à un tas de souvenirs...
que je veux oublier.

Sans se lasser, elle revenait à la charge, persuadée qu'une fois dans sa chambre, livré à elle,
il n'y aurait pas de volonté qui tînt devant ses

séductions, et qu'il lui faudrait bien en passer par où elle voudrait.

C'est justement parce qu'il lut cette présomption dans ses yeux, que Kerbihan, un soir qu'elle lui livrait un assaut plus acharné que d'ordinaire, résolut de lui prouver, à sa façon, qu'il avait, lui du moins, écrit le mot fin, à la dernière page de leur roman d'amour.

Ils étaient sortis ensemble, bras dessus, bras dessous, de Bullier, et, tout en causant, elle l'entraînait vers le haut de la rue Mazarine où elle habitait.

— Tu n'as pas besoin d'avoir peur de *le* rencontrer, lui disait-elle tout bas, en essayant sur lui le magnétisme de ses profonds yeux noirs, si puissant jadis. Il est en vacances pour huit jours, je suis toute seule. Nous causerons comme de vieux amis qui se retrouvent après deux ans d'absence. Car voilà déjà deux ans! Comme c'est long! Pourtant, il me semble que c'était hier et que je viens de lire ta méchante lettre... Oh! quelle nuit j'ai passée! Mauvais, va! Tu ne m'aimais donc plus? Oh! je sais bien; il fallait que ça casse un jour ou l'autre... Mais ça ne fait rien, cela a fini trop vite, je t'aimais trop, tu aurais dû me donner encore quelques mois.

Et par crainte que le tour qu'avait pris la conversation ne l'effrayât :

— Enfin, c'est bien fini maintenant, va, je ne t'aime plus, et je n'aimerai plus personne. J'ai trop souffert de cette rupture là... Nous voici arrivés... Je t'en supplie... monte un instant.

— Volontiers, répondit-il tranquillement.

— Comme tu es gentil aujourd'hui.

Et bien vite, pour l'empêcher de revenir sur sa décision, elle tira le cordon, précipitamment.

Le gaz était éteint. Il craqua une allumette et prit les devants, pour l'éclairer.

La chambre, à peu de chose près, était restée la même. C'étaient, piqués à la cheminée avec des épingles, les mêmes chromos atrocement peinturlurés, avec leur en-tête de maison de commerce. Son portrait était toujours à la place d'honneur faisant pendant, dans son cadre en peluche rouge,

à celui du locataire actuel, le joli jeune homme
pâle aux bottes vernies, avec lequel il l'avait ren-
contrée. Puis, sur la commode, les mêmes petites
boîtes à bijoux, en toc, s'alignaient dans une
symétrie très savante, à côté d'une pile de romans
dont les coins recoquevillés et la tranche grais-
seuse attestaient qu'ils n'étaient pas de vains livres
de parade. Dans un coin, à côté de la fenêtre
ouverte (où dormait, la tête sous l'aile, dans une
minuscule petite cage en fil de fer, peinte en bleu,
l'éternel serin vert) un canapé en reps sang de
bœuf, constellé de taches indéfinissables, s'ados-
sait à la muraille, au dessous d'une prime de
l'*Illustration Lutécienne*.

Georges jeta son chapeau sur le guéridon ovale,
à trois pieds, qui dissimulait son acajou criard
sous un vieux tapis d'un vert fané, moucheté de
taches d'encre ; puis il vint s'asseoir sur le canapé,
pendant que Louise, avec des arrondissements de
bras qui faisaient cambrer sa taille et saillir ses
seins, détachait son chapeau, en face de la glace.

Pour rompre le silence qui devenait bêtement embarrassant, Georges lui dit :

— Alors, tu ne l'aimes pas ?

— Parbleu ! méchant, tu le sais bien, murmura-t-elle, en prenant au vol cette occasion de rentrer dans son sujet favori, tu le sais bien, que je t'aime toujours, que je n'ai jamais cessé de t'aimer.

Et, les yeux allanguis, la lèvre provocante, à moitié dégraffée, elle vint se jeter sur ses genoux.

— Eh bien, fit Georges gouailleusement, est-ce ainsi que l'on se conduit avec un *ami ?*

Sans répondre, d'un geste brusque, Louise avait fait sauter les derniers boutons de son corsage, et, étreignant convulsivement de ses deux bras la tête de Georges, elle haussa jusqu'à la bouche de son ancien amant les opulentes splendeurs de sa poitrine brusquement débusquées et qui dressaient leur deux globes, comme deux boulets de canon, sur l'affut du corset festonné de dentelles.

— Folle, où veux-tu en venir, fit doucement Georges, en se dégageant.

— Je t'en prie, murmura Louise....

— Allons, songea-t-il, il faut que la leçon soit complète, et prenant Louise dans ses bras, il lui coula dans l'oreille le « je veux bien » qu'elle n'osait espérer.

En quelques secondes ils s'étaient l'un et l'autre débarrassés de leurs vêtements : elle très ostensiblement, avec des allures de chatte frileuse, en femme qui sait pimenter jusqu'au moindre détail de cette préalable opération ; lui, en se dissimulant, en garçon d'expérience qui redoute ce passage des Thermopyles si terrible à franchir pour le mâle.

D'un bond, elle s'était blottie sous les couvertures.

A peine l'avait-il rejointe qu'elle l'enlaça fiévreusement, collant ses lèvres aux siennes et l'envahissant tout entier de ses enroulements serpentins.

— Je croyais, dit-il tout à coup, jetant, comme une douche froide sur son enthousiasme, la note calme de sa voix tranquille, je croyais que c'était un simple ami que tu recevais, et qu'il était entendu que nous ne devions rien *faire*....

Pour toute réponse, Louise chercha à l'attirer sur elle.

Georges s'abandonna, répondit à ses étreintes et à ses baisers par des baisers qui semblaient éperdus et des étreintes où elle croyait retrouver la rugissante passion et les élans désordonnés d'autrefois. Mais, tout à coup, violemment, il rejeta les couvertures et bondit hors du lit.

Louise le regardait, sans comprendre, les yeux dilatés par une stupéfaction énorme.

— Ma chère, expliqua-t-il, tout en s'habillant très posément, j'ai simplement voulu te prouver que rien ne me forçait à faire ce que je ne voulais pas faire. Cela a toujours été ma seule intention, en venant ici, de te démontrer, une bonne fois pour toutes, l'inutilité de tes poursuites. Tu as pu être dupe un instant de certaines manifestations apparentes du désir — cela ne signifie rien. Si le désir était là-bas, il n'était plus là-haut — et il se tapait le front de l'index. — N'insiste donc plus, la petite bête est bien morte.

Puis, il mit son chapeau, prit sa canne et vint très tranquillement la baiser au front.

— Adieu donc, chère.

Anéantie, elle le laissa partir, sans rien oser pour le retenir.

LE MARIAGE DE CHAMONARD

LE MARIAGE DE CHAMONARD

ne lettre de Disoux! bâilla Georges Kerbihan, réveillé assez brusquement par sa concierge. Quelle formidable événement peut bien avoir contraint ce paresseux à sortir de son inertie épistolaire? La missive est courte, je serai bientôt renseigné.

Illiers, le...

Mon cher Kerbihan,
Il m'en arrive une détestable... Tu connais mon oncle.

Si je le connais! La meilleure cave d'Illiers....

Trop de Bordeaux, par exemple. Une manie de province. C'est le diable de leur faire comprendre que le Bourgogne est le roi des vins... Enfin !

Figure-toi que cet animal-là...

Eh bien, il l'arrange joliment.

... est en train de se marier.

A cinquante-cinq ans? Le gros sale !

Tu comprends que ça ne fait nullement mon affaire....

Parbleu! Un détournement d'héritage! D'autant plus qu'à cet âge-là, si la femme est jeune, il y a toujours des enfants — c'était du moins l'avis de Corvisart. Les amis ne sont-ils pas là?

... car MA TANTE est plus jeune que moi...

Tiens! Tiens!

... et mon oncle m'a fait sentir qu'il serait peu CONVENABLE *que je continuasse à faire vie commune avec lui.*

Ce mariage-là est ridicule d'abord et ensuite...
gênant. C'est donc à toi que j'ai recours. Il faut, tu
m'entends, IL FAUT absolument que tu fasses manquer
cette affaire-là. Tu dois bien avoir dans ton sac
quelque bon vieux truc... Enfin je compte sur toi.

 Mon oncle est actuellement à Paris pour une quin-
zaine de jours. Ce n'est pas encore pour la corbeille
de noces, mais c'est tout comme. Prends donc le pre-
mier train et accours ici. Tu me sauves.

 Et je t'en aurai une éternelle reconnaissance.

ANDRÉ DISOUX

Le soir même, Kerbihan était à Illiers.

— Je te remercie, dit-il à son ami, après les premières poignées de main échangées, de l'excellente
opinion que tu as de moi, mais, en vérité, a priori,
cela me semble assez difficile d'obtenir le résultat
que tu attends. Quelques renseignements, toutefois. Qu'est-ce que cette femme ?

— Une donzelle assez fine, mais sans fortune,
qui a flairé un magot, et qui s'est arrangée pour
enjôler le bonhomme. Mon oncle la rencontre
fréquemment dans une famille de Nogent le

Rotrou qui donne des soirées de temps à autre. Sa
mère est une bégueule d'une correction exagérée,
très à cheval sur les principes.

— Est-elle bonne cavalière au moins.

— Tu blagues, mais les deux mâtines vont nous
donner du fil à retordre.

— En tout cas, à demain les affaires sérieuses ;
pour le moment allons faire dodo.

Le lendemain, dès six heures, Georges était
debout : le silence ambiant l'avait réveillé.

— Si tu veux, proposa André, levé aussi déjà,
pour nous ouvrir les idées et l'appétit nous allons
faire une promenade en voiture. Arabi, le poney
de mon oncle, trotte comme un pur-sang, et nous
avons le temps d'aller prendre le vermouth à
Nogent.

— Accepté, d'autant plus que je serais bien aise
de faire la connaissance de cette petite ville qui va
peut-être devenir la base de nos opérations.

Le poney attelé rapidement au minuscule et
léger tilbury piaffait d'impatience dans la grande

cour herbue de la maison et humait avec délices l'air matinal, en allongeant le mufle et en montrant ses fines dents blanches. Et ce fut avec des hennissements sonores qu'il s'élança, le nez au vent, sur la route, bordée de berges où la gelée blanche avait accroché toutes les perles fines de son écrin. Le soleil qui venait de se lever allumait là-dedans d'intenses flamboiements irisés.

— Voilà Nogent, remarqua tout à coup André, en désignant du doigt plusieurs groupes de petites maisons très blanches, séparées par de gros bouquets d'arbres....

— Et... plus près, à quelques dix mètres de nous, qu'est-ce donc que

> Celte blanche maison calme, gaie et fleurie
> A l'abri d'un rideau de trembles ombrageant
> Ses ardoises d'azur de leur masse assombrie,

Comme dit le Poète, et qui nous apparaît

> Au bas de la prairie
> Où miroite et gazouille un ruisselet d'argent ?

— Ça, répondit André avec un rire bizarre, c'est
le couvent de notre Dame du Prompt-Secours,
comme on l'appelle à Nogent. Très accueillante,
cette maison ouvre son huis hospitalier à toute âme
en peine qui cherche une âme sœur de la sienne, —
pour une demi-heure. On y boit de très mauvaise
bière, d'ailleurs, et si tu veux y goûter, ne fût-ce
que pour faire connaissance avec les nonnes?...

— Comment donc, mais certainement, clama
Georges tout à coup, d'autant plus que je viens de
trouver, grâce à cela, le moyen demandé de faire
rater le mariage de ton oncle. Chut! pas de questions indiscrètes. J'ai mon plan, je te l'exposerai
tout à l'heure. Entrons...

Ils avaient mis pied à terre. Et pendant qu'André
attachait son cheval par la bride à un anneau de
fer fixé dans la muraille, Georges frappait à la
porte qui s'ouvrit presque instantanément. Il est
probable qu'ils avaient été signalés de loin car l'on
s'empressa au devant de clients aussi inespérés,
l'ordinaire des consommateurs étant fourni par la
caserne dont le mur d'enceinte est mitoyen avec
celui du jardin de ces dames.

— Surtout, recommanda Georges aux trois ou quatre femmes en jupon court et en flottantes camisoles d'une irréprochable blancheur accourues à la rencontre de ces « messieurs », surtout mes petites chattes, soignez bien mon cheval Arabi et bourrez-le de sucre, il l'adore.

Et ils se firent servir des tas de madères.

Les cinq femmes de la « boîte » s'installèrent à côté d'eux dans la petite salle étroite, se détachant chacune à leur tour pour aller porter du sucre à Arabi qui de sa vie de poney ne s'était jamais vu à pareille orgie.

—Je ne comprends toujours pas où tu veux en venir avec ton plan, interrogea André quand ils eurent regrimpé dans le « tape-cul » de l'oncle, — et je ne vois pas trop, jusqu'à présent, pourquoi il était nécessaire de s'arrêter dans ce bouge pour faire rater le mariage de mon oncle.

Georges eut un sourire narquois.

— Tu me navres, mon pauvre. Décidément l'air nogentais t'est malsain. Il te déprime céré-

bralement. Puisqu'il faut te mettre les points sur
les I, voici mon plan, dans toute sa machiavélique
horreur.

Ton oncle, m'as-tu dit, va rester une bonne
quinzaine à Paris. Eh bien, nous, pendant ce
temps-là, tous les matins, régulièrement, nous
viendrons prendre le vermouth chez ces dames. Il
est détestable, mais la question est plus haut.
Arabi, gavé quotidiennement de sucre, va si bien
s'habituer à cette existence, il va si bien connaître
la maison...

— Pas un mot de plus, fin compère... Tu es plus
grand que Machiavel...

Une quinzaine de jours environ après ces évènements, l'oncle Chamonard, dès le lendemain de
son arrivée, proposa à son neveu et à Kerbihan de
les mener à Nogent.

— J'ai quelques petites courses à faire en ville,
leur dit-il, je vous abandonnerai à vous-même
pour toute la journée.

Vous serez libres, mes gaillards, de vaquer à

vos plaisirs, et nous repartirons ensemble le soir.

— Parbleu, songea André, il va porter ses galantes emplettes à ma future tante.

— Accepté, mon oncle, fit-il tout haut. Seulement je propose que nous allions par l'ancienne route qui est très pittoresque et que mon ami Georges ne connaît pas.

— Soit, répondit l'oncle, il fait un soleil magnifique et nous avons le temps.

— Ne m'as-tu pas dit, s'enquit Kerbihan quand ils furent arrivés à Nogent, que ces dames avaient une petite campagne sur la route d'Illiers.

— Parfaitement et tantôt, après le déjeûner, mon oncle ne va certes pas manquer de proposer à ces dames de les y mener.

— Tout va bien. Je reconnais là l'index de la Providence, déclama Georges. Mais en attendant que nous allions jouir du pimenté spectacle que tu devines, si nous déjeûnions?

Et André emmena son ami au *Dauphin* où ils

arrosèrent d'un Pomard du bon coin un de ces
capiteux et sapides pâtés de perdreaux dont Félix,
cet artiste incomparable, a le secret.

Vers les deux heures, ils s'acheminèrent, l'âme
en joie et l'esprit rasséréné, du côté de Notre-Dame
du Prompt-Secours. La... maison, très coquettement assise au bas d'un coteau, est assez distante
de la ville.

Il leur fut donc aisé de trouver, presque en
face, un hallier propice d'où le regard put ins-
pecter les abords, et assister sans être vus à la
comédie qui allait se jouer là tout à l'heure.

— Ne bougeons plus, fit André tout à coup, les
voilà.

En effet, le roulement encore lointain d'une voiture devenait de plus en plus distinct et bientôt les
deux amis purent distinguer Arabi dont la longue
crinière flottait au vent secouée par une course
rapide; puis, dans l'américaine, l'oncle, sur le
siège de devant, tourné de trois quarts, très
galamment, vers deux femmes à demi penchées
vers lui.

Mais déjà Arabi arrivait à la hauteur de la petite

maison et soudain, avant que M. Chamonard, qui
ne s'y attendait nullement et qui avait l'air très
intéressé par la conversation de ces dames eût pu
s'y opposer, Arabi quitta brusquement la route et
vint s'arrêter, en piaffant et en hennissant d'un
air de connaissance, devant la porte de la fameuse
Maison.

Presque aussitôt celle-ci s'ouvrait, donnant passage à une demi-douzaine de femmes court-
vêtues qui se précipitèrent à la bride du cheval en
s'écriant, sans même songer à regarder qui était
dans la voiture :

— Tiens, Arabi ! Bonjour Arabi !

Et on l'embrassait et on le caressait...

Avant que M. Chamonard ahuri, stupéfait,
épouvanté, ait eu le temps d'essayer une explication, Mme Crivolin, rouge de honte et d'indignation, se précipita avec sa fille hors de la
voiture en lançant à Chamonard cette phrase du
Parthe :

— Je rends grâce au hasard, Monsieur, qui vient

de nous dévoiler vos débordements sardanapa-
lesques. J'espère que, après ceci, vous n'oserez pas
vous représenter chez moi.

Viens, ma fille!...

LA JARRETIÈRE

LA JARRETIÈRE

rès cambrée et serrée, jusqu'à étouffer, dans le long paletot vert bouteille qui l'enveloppait jusqu'aux chevilles, ELLE s'en allait, délurée et rapide, au ras des boutiques, nez au vent et croupe saillante, sans même daigner faire l'aumône d'un coup d'œil aux étalages qui se succédaient sur son passage, uniformément banals et proprets.

Derrière se hâtait, pour la suivre, un long jeune homme blême, les yeux collés à sa jupe et le pas dans son pas.

ELLE, tout à coup, s'arrêta une seconde, comme
vaguement inquiète, en portant vivement, au-
dessus de son genou, sa fine main gantée de marron. Puis, brusque, elle se retourna. Le long jeune
homme blême considérait, d'un air très intéressé,
un luxueux étalage de chaussures. Elle parut
hésiter, puis repartit, mais plus lente, comme
gênée. Il semblait évident qu'un des boutons de
sa boucle de jarretière avait sauté de son alvéole.

— Bah ! ça tiendra jusqu'au bout, avec des précautions, semblait dire sa démarche plus tranquillement mesurée.

Pourtant, au bout de quelques mètres, ELLE
s'arrêta net : l'autre bouton venait de s'esquiver et
la jarretière, encore collée à la jambe par la moiteur
de la peau, menaçait de se soustraire tout à fait.

Le long jeune homme blême était toujours derrière, le regard rivé, identiquement, à un autre,
semblable, étalage.

ELLE, impatientée, jeta autour d'elle un regard
circulaire. Des passants s'affairaient, indifférents
à ce drame intime. Sauf LUI, personne ne s'occu-
pait d'ELLE.

— Il est bien ennuyeux ce monsieur là.

Un bruit sec avait ponctué sa réflexion. C'était sa jarretière qui était tombée sur le bitume. Prestement, ELLE la ramassa et la fourra dans sa poche.

Dix pas plus loin, malgré les précautions, le bas, sans soutien, qui glissait irrésistiblement, fit un bourrelet au-dessous du genou.

— Parbleu, c'est bien simple, tout à l'heure il va tomber sur ma bottine...

Mais IL était toujours là.

Prenant un parti désespéré, ELLE se précipita sous une porte cochère qui lui offrait l'abri de son portail entrouvert.

Comme s'il eut deviné ses inquiétudes, IL y était déjà, faisant mine d'allumer son cigare avec des allumettes qu'éteignait désespérément un vent qui ne soufflait pas.

Rageusement, elle se remit en marche, la main droite remontant de temps à autre le bas qui glissait de plus en plus. Soudain, pour dépister le suiveur, elle changea de trottoir. Il y était avant elle, mordillant, toujours avec son air immuablement

indifférent, son cigare qui s'obstinait à ne s'allumer pas.

A la fin, cependant, le bas avait tout à fait glissé.
Il faisait guêtre maintenant sur la bottine, et
enveloppait le talon.

ELLE, sentant la position absurde, tenta une
seconde porte cochère.

Mais elle retrouva la même allumette incombus-
tible, le même vent, le même long jeune homme
blême.

— C'est énervant, à la fin, monsieur, clama-
t-elle, voilà une heure que vous m'empêchez
de remettre ma jarretière... Où voulez-vous en
venir.

— Madame, répondit-IL simplement, en jetant
son cigare devenu inutile, je suis l'*Amateur de
mollets,* et j'ai flairé que le vôtre était exquis. J'ai
cette audace d'exiger de le voir. Vous vous y refu-
sez opiniâtrement, c'est une lutte... où, évidemment, vous serez vaincue. Je vous donne tout au
plus trois portes cochères pour vous rendre.
Quand vous aurez piétiné votre bas, tout à l'heure
immaculé, jusqu'à le rendre innommable, quand

vous aurez demandé l'heure à une demi-douzaine de sergents de ville pour me persuader que vous me signalez à leur attention, il faudra bien, oh! forcément, je me plais à le reconnaître, que vous vous rendiez à merci. Pourquoi donc ne pas le faire de suite, d'autant que je me borne à la jouissance des yeux.

Un peu étonnée, désappointée même — qui sait ce qui se passe dans les lobes cérébraux des femmes? — ELLE le considéra longuement. Puis, résolument, comme pour en finir, elle troussa ses jupes, découvrant sa jambe jusqu'au feston du pantalon, et, posément, sans précipitation, en femme qui se sait comprise, elle tira son bas et boucla sa jarretière.

— Eh bien, Monsieur? fit-ELLE, en se redressant, moitié railleuse, et moitié rougissante.

— Eh bien, madame, mon flair est merveilleux et votre jambe aussi.

Et.très froid, IL lui tira son chapeau.

MONSIEUR LE MAIRE!

MONSIEUR LE MAIRE!

e voilà nommé, enfin!

Ah! sacrebleu! ça n'a pas été sans peine. Toute la population était contre lui. Mais de la population et de ses sympathies on s'en moquait bien à la préfecture! Le principal, l'essentiel, était de nommer un républicain et il n'y en avait que deux dans le pays, lui Banner, et Cateycare, l'épicier de la grand' rue.

Il fut donc nommé maire de par la volonté préfectorale.

Naturellement, il choisit Cateycare comme adjoint.

On protesta bien un peu à Montué-sur-Huisne ; mais à part un conseiller intraitable qui leur fit une opposition forcenée, tout rentra peu à peu dans le calme et la paix.

Ils s'imposèrent.

Banner en éprouva une joie intense. Dam ! savez-vous que c'est quelque chose d'être maire, même d'un canton de deux mille habitants. On a le droit de faire passer les nouveaux chemins vicinaux, déclarés d'urgence, devant ses propriétés — quand on est propriétaire ; — en été, on fait museler les chiens — quand on n'en a pas — pour embêter son ennemi intime qui en a une demi-douzaine ; on se pavane le premier sur l'estrade, au *Concours agricole*, sanglé de l'écharpe tricolore ; on couronne les petites filles aux distributions de prix en collaboration avec le curé, le notaire et le garde champêtre.

Donc Banner exultait.

Il avait même dit, dans un cercle d'intimes venus pour le féliciter, qu'il *comprenait Jules Grévy depuis qu'il était maire.*

Cette position nouvelle devait naturellement

bouleverser toutes les anciennes habitudes de
M. et Mme Banner.

Mme la mairesse insinua à son mari que leur
maison, déjà un peu étroite avant, devenait, après
cet évènement énorme, évidemment insuffisante ;
qu'il fallait se mettre en état de recevoir, et
qu'enfin le besoin d'un salon surtout se faisait
impérieusement sentir, maintenant qu'il leur fallait
tenir un rang.

Tous les tapissiers du pays furent mis en
réquisition.

On ne voyait plus dans les corridors qu'échelles
doubles et papiers peints. Les pots de peinture
s'alignaient, à côté des seaux pleins de colle. Il es:
vrai que les robes de Mme Banner s'en ressen-
tirent et que le pharmacien écoula tout un vieux
stock de flacons de benzine jusqu'alors sans
emploi.

Mais bah ! le pouvoir ne s'achète pas trop
cher.

Ce fut surtout le salon qui leur donna du mal.
On fut longtemps à se décider entre le Louis XVI
ou l'Empire ; Banner trouvait que ces deux styles

étaient un peu *réacs* et opta pour le Directoire :
cela cadrait mieux avec ses opinions. Des amis
de Paris furent chargés de leur trouver cela « dans
tout ce qu'il y avait de mieux ». Il fallait absolument épater le *tout Montué-sur-Huisne* qui allait
s'y donner rendez-vous.

Un matin, Banner s'éveilla sous le coup de fouet
d'une idée colossale qui venait de germer sous son
bonnet de coton. Il poussa du coude sa femme qui
ronflait et lui dit, d'une voix qu'il essayait, mais
en vain, de rendre calme :

— « Habille-toi, nous allons partir dans deux
heures pour Paris. »

Mme Banner s'exclama, et, tout en quittant,
très intriguée, sa camisole et sa « gouline », lui
demanda la cause de ce départ inopiné.

— Il m'est venu une idée, dit-il lentement, dont
l'exécution fera crever de jalousie tous nos
envieux. Nous allons aller à Paris faire *tirer*
notre portrait par un grand peintre, et nous
l'accrocherons dans notre salon « directoire »
au-dessus de ton piano.

Sa femme s'émerveilla naïvement. Il n'y avait

que lui pour avoir des idées pareilles ; assurément cela ferait courir toute la ville, et l'ancien maire en ferait une maladie.

Soudain une réflexion lui vint. Les femmes ont parfois de ces lueurs qui déchirent la brume des situations et font apercevoir de nouveaux horizons.

— Si, pendant leur absence, leurs ennemis, traîtreusement, allaient les démolir !

Banner réfléchit longuement ; il n'avait pas pensé à cela. Puis soudain il sourit victorieusement. Il avait trouvé mieux. Faire venir le peintre à Montué-sur-Huisne. On inviterait du monde à dîner pour *voir l'artiste*.

Ils écrivirent aux amis qu'ils avaient à Paris, les chargeant de s'occuper de leur affaire et surtout de choisir un peintre en renom. — Ils ne regardaient pas au prix ; tant qu'à faire les choses, il fallait les bien faire.

Un télégramme leur annonça un matin l'arrivée du fameux portraitiste.

C'était un vieux rapin qui courait depuis trente ans les ateliers, rendant de ci de là quelques petits services en échange desquels il récoltait à droite et à gauche tantôt un dîner et tantôt un gîte.

A force de laver les pinceaux et de préparer les toiles des amis, il avait acquis certains trucs de métier qui lui permettaient de pouvoir brosser de temps à autre quelques portraits à vingt francs que lui envoyaient les copains pour lui faire gagner de quoi manger. Il attrapait à peu près la ressemblance et c'est pourquoi un camarade — qui n'avait pas le temps de le faire — lui avait cédé ce portrait qu'on lui avait demandé, sachant qu'en province la ressemblance est la seule chose exigée.

Antoine, c'est le nom de notre rapin, avait demandé carrément deux mille francs. On lui en offrit cinq cents, le voyage payé et l'entretien là-bas, ce qu'il accepta avec un enthousiasme qu'il ne prit même pas la peine de dissimuler.

Les Banner étaient à la gare, en grande toilette, et dès sa sortie de wagon l'appelèrent *cher maître* assez haut pour que le chef de gare et le facteur pussent colporter immédiatement la nouvelle que le grand peintre de Paris était dans leurs murs.

Tout le monde était aux portes quand ils montèrent la rue du Moulin. On chuchotait : « C'est
le peintre de M. le maire. »

Banner entendait et se rengorgeait, irrésistiblement comique sous son petit chapeau de soie aux
larges ailes, avec la boîte de couleurs qu'il portait
triomphalement dans la main droite et la petite
valise du « maître » dans la gauche. Mme Banner
donnait le bras à l'*artiste*, qui était venu coiffé clas-
siquement d'un béret écarlate pour *épater le
provincial* et sanglé dans un coin de feu bleu à
parements rouges qu'il avait acheté trois francs
avant de partir, chez un marchand d'habits de la
rue de Seine.

Ils eurent un succès énorme.

Pour ajouter à l'effet produit, Antoine s'arrêtait
parfois, tout à coup, s'extasiant devant un *coin*
entrevu, montrant le « tableau à faire » et pérorait,
les deux mains arrondies en jumelles devant les
yeux. Des badauds s'attroupaient, et Banner disait :

— « Quelle nature ! ces artistes ! »

On lui donna naturellement la plus belle chambre
de la maison, la chambre de « repos », qui ouvrait

sur la campagne ses deux immenses fenêtres. Dès
le lendemain il se mit à l'ouvrage, ne voulant pas
perdre une minute, disait-il.

Du reste Banner ne le lâchait pas. Il était toujours fourré à *l'atelier*. (On avait baptisé ainsi la
chambre de repos). Il affectionnait particulièrement ce mot et répétait à tout instant : « Je monte
à l'atelier ! Viens-tu à l'atelier ? »

Quand il rencontrait un ami, il l'endoctri-
nait.

— Viens donc à l'atelier. Il faut voir ça, tu sais,
c'est brossé... ça commence à venir.

Et l'ami montait, s'amusant à faire sortir la couleur en pressant sur les petits tubes.

Le rapin en prenait à son aise. Bien logé, supé-
rieurement nourri, abreuvé de liqueurs fines et de
cigares, il mit près de trois mois à parfaire son
chef-d'œuvre.

Le jour vint cependant où il fallut bien avouer
que c'était fini.

Banner était peint debout, ceint de son écharpe
aux trois couleurs, la main droite sur l'épaule de
sa femme dont la robe de soie noire éblouissait.

C'est du reste ce qu'il y avait de plus ressemblant dans le tableau.

Pour célébrer ce résultat, M. et Mme Banner donnèrent un grand dîner où furent invités tous les gros bonnets du pays : l'adjoint, le notaire, le chef de la musique, le percepteur, etc., et leurs « dames. »

Antoine avait été mis à la place d'honneur, entre Mme Banner à gauche et Mme la notairesse à droite.

Le commencement du repas fut assez terne. Les dames s'observaient, craignant de lâcher quelque balourdise devant le Parisien. Le notaire qui était beau causeur, pour rompre la glace fit un long récit d'une vente à l'enchère qu'il venait de faire. Le chef de la musique lui donna la réplique en assurant que ses *basses* étaient bonnes, qu'il n'y avait rien à dire des barytons, mais que le petit bugle était insuffisant : il ne pouvait pas donner le *si* ; or justement, il y en avait deux dans le grand morceau qu'ils étudiaient pour le concours de Chartres. Cela l'inquiétait.

Antoine, que la conversation intéressait médio-

crement, ne soufflait mot et s'empiffrait consciencieusement.

Le rôti apparut ; on fit circuler le Bourgogne ; et
Antoine, sournoisement, laissa aller d'un cran la
boucle de son pantalon. Il avait entamé une longue
dissertation pour prouver que Schaunard était un
imbécile de s'inquiéter de l'influence du bleu dans
les arts, prétendant que l'influence du petit bleu
était autrement importante.

— Vous me faites rien rire avec votre Bourgogne,
hurlait-il, tout en s'en versant coup sur coup
d'amples rasades, parlez-moi du Suresnes ou de
l'Argenteuil. C'est ça des vins ! C'est de la gaieté en
bouteille, c'est du soleil en flacon !.. Nous sommes
là une bande, à l'Académie...

La notairesse l'interrompit :

— Ah ! vous faites partie de l'Institut, minauda-
t-elle, pour dire quelque chose ?

Antoine s'esclaffa.

— Ah ! elle est bien bonne ! Ah ça ! est-ce que j'ai
une bille de coupolard ? l'Académie ! je parle de la
vraie, de la seule, de la grande Académie : l'Académie de la rue Jacques !

Et comme le Bordeaux avait succédé au Bourgogne, il lâcha la bride à sa fantaisie :

— Ah! l'Académie! une riche boîte! Il n'y avait
que là qu'on trouvait de la « verte » passable. Dire
qu'il avait eu l'œil là-dedans. Oui, mais aujour-
d'hui, n-i-ni c'est fini, il était crevé. Tout ça à
cause de Titine Persarose, une grue de l'Hébé
dont il s'était toqué. Eh ben quoi! on n'est pas de
bois... s'pas...

Les convives béaient. L'amphytrion avait commencé par rire; maintenant il était vert pomme.
Le *lâché* de son *maître* le stupéfiait. Qu'allait-on
penser à Montué-sur-Huisne!...

Et cela s'accentuait. Antoine qui s'échauffait à
parler, avait dégraffé son gilet, et buvait dans le
verre de Mme la notairesse.

— Il me semble que je t'ai vue quelque part...
bégaya-t-il tout à coup, en s'écroulant à moitié sur
son décolletage. Est-ce que tu n'as pas servi... à la
Cigarette? Après tout... C'est p't'êt'e... pas toi...

Et sa tête trinqua brusquement avec son assiette
qui se cassa sous le choc. Il était coulé.

Ce fut un sauve-qui-peut général. Les dames

mettaient leurs manteaux à la hâte avec de petites mines scandalisées... Le notaire en partant dit d'un air pincé à Banner :

— Eh bien! il est propre, ton artiste?

On le hissa tant bien que mal à l'*atelier*.

Le lendemain, le maire lui fit comprendre qu'après l'esclandre de la veille, il lui était impossible de rester plus longtemps à Montué-sur-Huisne, que d'ailleurs le tableau était fini, et qu'il fallait partir pour Paris.

En allant le reconduire de bon matin, Banner apprit du chef de gare qui le regardait en dessous, que la loi sur les maires venait de passer à la Chambre.

Banner blêmit. C'était la chûte. Tout croulait à la fois.

En effet, le conseil municipal, à qui on venait de donner le droit de nommer lui-même son maire, en abusa trois jours après en dégommant Banner, et en renommant l'ancien à l'unanimité.

Banner, qui le pressentait, ne monta point cette fois la grand'rue, triomphalement, mais il fit le tour du bourg et rentra — par les derrières.

L'AMATEUR DE MOLLETS

L'AMATEUR DE MOLLETS

antaisiste et philosophe.

Mais un philosophe revenu de tout, et d'autant plus sincèrement qu'il y a été. Il sait que dans le plaisir, le souvenir et l'espérance ont seuls quelque valeur et que la satisfaction traîne fatalement après elle la déception.

Il en est venu à ne croire qu'à la jouissance des yeux. Encore l'a-t-il localisée et dans toute la femme, c'est la jambe qu'il a choisie.

La jambe, ce poème complet.

Naturellement il a commencé par *suivre*

les femmes. Il n'était jamais plus radieux, à
son réveil, que lorsqu'il voyait le ciel embrumé,
gonflé de promesses de pluie. Le soleil lui donnait
sur les nerfs, le printemps l'horripilait. Il ne connaissait qu'une saison, l'hiver, avec ses averses
intermittentes, son pavé boueux et ses trottoirs gluants, où clapottent les fins talons des
petites femmes qui se hâtent, haut troussées,
la jupe dans une main et le parapluie dans
l'autre.

Mais il reconnut bientôt que les bénéfices de
cette chasse au mollet n'en compensaient pas suffisamment les inconvénients. A battre des dizaines
de kilomètres, sous la pluie, à la recherche d'une
jambe plus ou moins ronde, et cambrée plus ou
moins, sous un bas plus ou moins tiré; puis, au
moment où l'on touche au but, s'apercevoir qu'on
est deviné, et, devant le tableau amoureusement
caressé de l'œil, voir brusquement tirer le rideau
de la jupe par la main nerveuse de la femme effarouchée, ces déboires de chaque jour le dégoû-
tèrent vite.

Aussi s'est-il mis en quête et a-t-il découvert un

moyen nouveau de se livrer sans fatigue à sa passion favorite.

Il va s'installer dans un bureau de tramways,
prend un numéro pour une destination quelconque,
et, quand le tramway arrive, il se mêle à la foule
entassée derrière, qui se coudoie et se bouscule à
qui grimpera le premier. Tout le monde est affairé ;
chacun a peur qu'on lui prenne sa place. Et les
femmes se précipitent, encombrées de paquets, à
l'assaut de l'escalier raide, en relevant de côté
leurs jupes pour ne pas s'empêtrer. Personne ne
songe à lui ; il est oublié, perdu dans le nombre,
et il a tout le loisir de couler ses regards éclec-
tiques le long des bas roses, bleus, blancs, rayés,
à jour, ou à coins brodés, qu'aucune ne songe à
dissimuler dans la préoccupation et l'énervement
du départ.

Quelquefois, quand le tramway n'est pas au
complet, le conducteur, d'un ton bourru lui crie :

— Eh ben ! là-bas, qu'est-ce que vous attendez?
C'est votre tour.

— Merci, mon ami, fait-il doucement, je prendrai
l'autre.

Et à l'autre la scène se renouvelle.

De temps en temps, alléché par une jambe plus replète, encadrée plus irrésistiblement par la dentelle des jupons et le feston, rapidement entrevu, du pantalon zouave, il monte, à sa suite, sur la plate-forme, et s'embusque dans un coin, aux aguets, l'œil braqué sur l'escalier de l'impériale, dans l'attente d'une dernière entrevision, au moment de la descente.

A la longue, on finit par le connaître à la station; on le surnomme « le monsieur qui ne part jamais. » Les conducteurs s'étonnent de le retrouver à chaque voyage, et les contrôleurs le dévisagent d'un air gouailleusement interrogateur.

Alors il s'en va continuer plus loin ses petites opérations. De bureau en bureau, de tramway en omnibus, il en arrive à savoir par cœur toutes les jambes de Paris et, statistique comme une autre, il pourrait vous dire, à dix mollets près, le nombre de femmes qui se jarrettent au-dessus du genou.

Je le rencontrai hier place Saint-Sulpice, en

train d'opérer autour des grands omnibus de Clichy-Odéon.

Il m'aborda la main tendue, car depuis quelque temps nous sommes fort liés.

— Je vous fais mes adieux, me dit-il; je m'en vais passer une huitaine en province.

— Ah bah! mais vous serez à la diète de mollets, là-bas.

Il sourit finement et me dit :

— Pas tant que vous croyez. L'année dernière, je suis allé, à peu près à cette même époque, chez le même ami qui me tourmentait depuis longtemps pour l'aller voir. Eh bien, mon cher, la semaine était assez terne, mais j'avais les dimanches pour moi.

— Comment cela ?

— J'avais remarqué qu'elles se retroussaient toutes — était-ce pudeur, était-ce par crainte qu'on ne vît leurs bas en vrille — du côté du mur.

— Je ne comprends toujours pas.

— Attendez... Je m'installai tout simplement, à la sortie de la messe, dans la cave de la maison, dont le soupirail traîtreusement s'ouvrait, large et clair, au ras du trottoir. — Et cela me remplaça, à peu près mes petits tramways parisiens.

— Eh! c'est fort ingénieux.

— Oui, fit-il, avec une moue dédaigneuse, seulement, en province, les femmes se jarretent *au-dessous* et ne tirent pas leurs bas.

VIE DE FAMILLE

VIE DE FAMILLE

onsieur Gaudissard, juste au moment où il tournait le coin de
la rue d'Assas et de la rue Vaugirard, se heurta, inopinément, à
son vieil ami M. Ducyl.

— Et bien, comment va? fit ce
dernier, avec une nuance de goguenar-
dise dans la voix.

Car l'excellent homme ne pouvait
s'empêcher de blaguer légèrement, de
temps à autre, son digne ami, accouru
un beau soir des confins du Perche
pour « surveiller son fils, et l'empêcher de faire des folies. »

Il y avait bien près de trente ans

qu'ils se connaissaient. Amis de collège et des
meilleurs, la vie les avait séparés, mais ils avaient
toutefois conservé d'amicales relations; et, tous
les ans, en juillet, M. Ducyl, fuyant l'atroce odeur
de caoutchouc brûlé que fleure l'asphalte parisien,
s'en allait passer quelques semaines à Montué-
sur-Huisne, où s'était marié M. Gaudissard, très
pratiquement, *à une dot* avec laquelle il avait
acheté une étude. Notaire comme pas un, homme
à « principes immuables », il avait élevé, dans ces
mêmes idées catholiquement rétrécies, le seul fils
que « le bon Dieu lui avait donné ». Aussi ne fût-
ce pas sans une certaine épouvante qu'il le laissa
partir pour Paris, dans le but de faire sa
médecine.

Une année ne s'était pas écoulée que, sa fortune
étant faite, et ses craintes pour la « moralité de
son enfant » devenant obsédantes, il trimballa
toute sa smala dans la « Babylone moderne. » Et
cela au grand déplaisir de Paul Gaudissard qui
n'avait guère mis que six mois à disséminer dans
toutes les brasseries du quartier latin les principes
paternels.

« Tu as absolument tort, lui avait écrit, à ce sujet, M. Ducyl, de venir à Paris pour surveiller ton fils. Cela ne peut être qu'une prétention, et à coup sûr c'est une maladresse. Les jeune gens, à un certain âge, ont besoin d'apprendre la vie à leurs dépens, et il faut leur mettre, au moins quelque temps, la bride sur le cou. Ce sont des chevaux fringants qui cassent les rênes quand on ne sait pas « rendre la main » en temps opportun ».

Monsieur Gaudissard n'avait nullement tenu compte de ces avis. Il avouait, du reste, se défier du jugement de M. Ducyl qui avait, lui aussi, sinon complètement égaré, du moins mis de côté ses principes religieux.

Aussi, une fois à Paris, éluda-t-il longtemps les narquois « Comment ça va-t-il ? » de son ami. Pourtant, ce jour-là, ce fut avec une très visible satisfaction qu'il lui prit affectueusement le bras et lui répondit :

— Et bien, mon cher Ducyl, je suis arrivé à mes fins.

— Lesquelles ?

— Mon « cheval fringant » est maté, et il n'a rien cassé du tout.

— Raconte-moi donc cela, sourit Ducyl, cette histoire doit être bien drôle.

— Toujours sceptique... Ah! parbleu! tu avais à moitié raison. Ça été dur pour commencer. Comprends donc! Lui qui était habitué, pendant la première année qu'il avait passée tout seul, à Paris, à rentrer à toutes les heures, cela ne lui plut qu'à moitié de rentrer tous les soirs, avant dix heures.

— Ah! il rentre *tous les soirs* avant dix heures? interrogea railleusement l'incorrigible Ducyl.

— Certainement oui ; sauf toutefois les jours où je le mène au théâtre — une fois par mois.

— Au Français?

— Et à l'Opéra-Comique.

— Pauvre jeune homme!

— Pauvre jeune homme tant que tu voudras, mais il a très bien pris la chose... aujourd'hui ; car d'abord, comme je te le disais tout à l'heure, ça été des révoltes terribles.

J'ai cru un moment qu'il allait y avoir une

rupture entre nous. Mais je n'ai pas cédé, je me
suis montré de granit, et grâce à ma fermeté il
s'est assoupli. Maintenant il ne fait plus la moindre
objection.

— Comment! il ne sort jamais!

— Si, après dîner, nous allons, tous les deux,
bras dessus, bras dessous, comme deux vieux
amis, faire un tour au Luxembourg. Nous restons
là une heure, à causer, sur un banc; lui, fume sa
pipe... car je lui ai toléré la pipe...

— Ah! ça, c'est gentil.

— Oui, il faut faire quelques concessions; je ne
suis pas un ogre, que diable! et quand il a travaillé
toute la journée, le matin à son hôpital, — où je
l'accompagne, ça me promène — et le reste du
temps dans sa chambre, c'est bien juste...

— Qu'il fume une pipe le soir, oui, cela me
semble assez raisonnable.

— Et puis, le dimanche, nous allons nous pro-
mener en famille, au parc Monceau, au bois de
Vincennes. Il donne le bras à sa mère, qui est
fière!... Ah!... C'est charmant, vois-tu. Voila
comment je comprends la famille.

— Une simple observation : est-ce que tu as une jolie bonne?

— Une... Pourquoi me dis-tu cela? Ça n'a aucun rapport avec ce que je te raconte... Mais oui, elle est... Enfin... elle n'est pas mal... Mais bah! une enfant, seize ans à peine!... Jolie?... oui... après tout, je n'en sais rien, je ne l'ai jamais regardée... Mais pourquoi?...

— Parce que ton fils fera un enfant à ta bonne.

Environ huit mois après, grand scandale dans la maison Gaudissard :

— « Je vous ch...âsse, misérable! Fille perdue! Vous avez déshonoré mon toit, VOUS AVEZ DÉBAU-CHÉ MON FILS! etc., etc., etc.

Ce fut à Montué-sur-Huisne, une nuit, clandestinement, qu'on LE baptisa.

LA PETITE BÊTE

LA PETITE BÊTE

lle était rentrée, ce soir-là, très énervée. La couturière avait raté son corsage. Les pans tombaient mal, malgré les plombs. Ça godait. Il n'y avait pas à dire, ça godait.

Et elle se jeta dans l'unique fauteuil, une moue aux lèvres, et tambourinant des talons sur le parquet.

— Quand tu auras fini ? fit-il tout à coup, j'ai bien d'autres chats à fouetter qu'à m'occuper de ta robe, le *Bric à Brac* vient de me refuser ma nouvelle.

— Ah ! tes journaux ! toujours tes

journaux! Il n'y a que ça qui t'occupe. Je ne peux
même plus te faire la moindre réflexion, tu me
bourres tout le temps.

Et les larmes qu'elle endiguait depuis une heure
firent une soudaine irruption.

Il se fit brutal, sentant qu'il avait tort.

— Ça devient embêtant, à la fin, tu sais; j'aime
pas la pluie... Tu es maintenant d'une sensitivité
ridicule, ma parole, et je ne sais plus comment te
prendre.

Et le dialogue tourna bientôt à l'aigre. Ils se
dirent un tas de choses qu'ils ne pensaient pas,
histoire de se vexer l'un l'autre.

— Ecoute, fit-il tout à coup, en la regardant en
face pour juger de l'effet de ses paroles, mais au
fond ayant horriblement peur d'être pris au mot,
écoute, c'est inutile d'y aller par quatre chemins,
mais c'est bien évident pour moi, aujourd'hui, le
grand ressort est cassé; la petite bête est morte,
ma chère... Nous ne nous aimons plus.

Et il dit ça d'un air dégagé, mais l'estomac serré,
quoique conservant vaguement l'espérance qu'elle
allait éclater en sanglots, comme elle l'avait fait

tant de fois, en criant : « Non, ce n'est pas vrai!
je t'aime trop pour que tu ne m'aimes plus. »

— Tu as raison, fit-elle lentement, se raidissant
contre la syncope qu'elle sentait monter, tu as
raison, voilà trois mois que nous jouons une
affreuse comédie, c'est fini, notre amour est mort.

Il eut une envie folle de se jeter à ses genoux et
de lui crier qu'ils mentaient tous les deux, mais
l'amour-propre le retint.

— Il ne nous reste qu'une seule chose raisonnable à faire; nous quitter. Nous quitter bons
amis. Je vais aller demander l'hospitalité à ma
sœur pendant quelques jours et puis... Je verrai
ce que je ferai.

Et très froidement elle fit un paquet de quelques
vêtements indispensables et partit en lui tendant
une main glacée.

Une fois dans la rue, elle jeta l'adresse de sa
sœur à un cocher qui passait, monta et, à peine
dans la voiture, éclata en sanglots.

Lui, avait mis son chapeau, et, hagard, il descendit.

— Elle est partie, sans faire la moindre tentative de réconciliation, elle ne m'aime pas, songeait-il.

Au boulevard Saint-Michel, il heurta une bande « en vadrouille » qui l'entraîna. C'était son affaire. Il n'était descendu que pour *se soûler*.

On le rentra à six heures du matin, ivre-mort.

Car ils s'aimaient. Ils s'aimaient comme deux fous de vingt ans qu'il étaient.

Pendant quinze jours, Charles se grisa abominablement tous les soirs. Il voulait tuer le souvenir à force d'alcool.

Mais le souvenir revenait et crevait la brume de toutes les ivresses. Alors, c'étaient, dans les ténèbres, d'épouvantables cauchemars, des luttes horribles entre l'hallucination et la raison qui s'éveillait peu à peu.

Un jeudi qu'il se trouvait par hasard, à peu près *à jeun*, il s'en alla à Bullier, dans le vague espoir de la rencontrer.

Au bout de deux ou trois tours, il l'aperçut qui tournait aussi, l'air horriblement triste et les yeux caves. Une pâleur livide les envahit tous deux quand ils s'aperçurent, mais poussés par je ne

sais quoi de plus fort que l'angoisse qui les étreignait, ils s'abordèrent.

Il lui demanda de ses nouvelles.

Elle dit qu'elle se portait admirablement, qu'elle
avait pris un autre amant, et qu'il était joli garçon,
oh mais joli !...

Et elle parlait avec une volubilité excessive,
comme dans une fièvre.

Charles sentait des frissons lui courir dans le
cuir chevelu. Il avait des envies de l'étrangler.

— Mais j'y pense, tu le connais, dit-elle. C'est
Risope, un de tes bons amis. Tu sais, celui qui me
faisait la cour quand j'étais avec toi.

— Alors c'est bien fini, interrogea-t-il d'une
voix sourde, c'est bien fini, tu ne m'aimes plus.

Elle jouait avec son éventail, fuyant son regard
qu'elle sentait la fixer, âprement anxieux et
s'enfonçant, comme jadis, jusqu'au fond d'elle.

— Mon Dieu non, puisque je te dis que je suis
folle de Risope.

— Eh bien, il me vient une idée bizarre. Après
demain, il y aura juste un an que nous nous sommes
connus, tu te souviens de notre journée et de notre

nuit de noces de Robinson. Eh bien, si tu veux,
nous referons cette partie là après demain, toi
avec lui, et moi avec elle.

— Comment, elle! Tu as donc...

— Parbleu!... mais laisse-moi continuer... Tu le
décideras à aller à Robinson, cela n'est pas difficile. Moi, de mon côté, je me charge d'être là à
l'heure dite, nous aurons l'air de nous trouver à la
gare, par hasard, et j'arguerai de mes anciennes
relations avec lui pour nouer conversation. Nous
ferons une partie carrée. Ce sera drôle. Eh bien,
est-ce entendu?

— Parfaitement. A une heure, après demain.

Et il se séparèrent assez gaiement.

Au jour fixé, il était à la gare. Il avait amené
une fillette qu'il avait prise dans un café du quartier latin, une novice, ou à peu près, qu'avait
séduite la perspective d'une partie de cheval à
Robinson.

C'étaient eux les premiers. Ils n'attendirent pas
longtemps du reste, car il aperçut tout à coup
Risope qui montait les marches en babillant d'un

air guilleret à côté de Louise silencieuse et un peu pâle.

— Tiens! mais c'est Risope. Comment vas-tu? cher, cria brusquement Charles, au moment où l'ancien ami et l'ancienne maîtresse entraient dans la gare, l'un sans le voir, l'autre après lui avoir fait un imperceptible signe de tête.

— Comment! toi ici, quelle coïncidence! balbutia Risope désarçonné par cette rencontre qui ne lui était que très peu agréable.

Il redoutait une scène, croyant Charles très indigné de ce qu'il lui eût *pris* sa maîtresse.

— Oui, moi ici... nous allons à Robinson.

— Tiens, c'est comme nous...

— Eh bien, rien ne s'oppose à ce que nous fassions le voyage ensemble.

— Ma foi non, répondit Risope, après une certaine hésitation, et en regardant Louise en dessous.

Louise, du bout de son ombrelle, faisait distraitement des dessins imaginaires sur le parquet de la gare. Elle répondit, sans regarder, par un signe de tête affirmatif.

Charles qui était excellent cavalier, et connaissait son Robinson par cœur, se chargea de choisir les chevaux. Il prit pour lui et Louise les deux meilleures bêtes du pays, deux grands trotteurs habitués à courir ensemble; et pour la petite qu'il avait amenée ainsi que pour Risope, deux vieilles rosses à moitié fourbues, dont le fier galop de départ s'arrêtait généralement au bout de deux ou de trois kilomètres. En effet, à peine en selle, Risope et la pseudo-maîtresse de Charles, firent mine de s'emballer en grimpant la montée qui conduit au bois de Verrières. Louise et Charles, à quelques mètres derrière eux, ne s'étaient pas encore dit un mot.

C'est qu'à tous les détours du chemin qui vient de la gare de Sceaux à Robinson, les souvenirs de l'année dernière leur étaient revenus en foule. Ils s'étaient surpris, tous deux, le même regard mouillé, jeté sournoisement, en traversant Sceaux, au petit hôtel où — il y avait un an, jour pour jour — ils avaient si délicieusement passé, à ne pas dormir, leur nuit de noces.

Ils avaient revu, en montant, à droite, le petit

berceau de verdure où ils s'étaient cachés, sous
prétexte d'un bock, pour se bécoter à leur aise ;
et la balançoire où elle lui montrait ses bas
mauves, pendant qu'il faisait semblant de dormir,
vautré dans l'herbe.

Et tout cela leur descendait de la tête dans le
cœur.

Aussi, un intant, quand elle s'appuya sur son
épaule pour grimper en selle, ses doigts s'y cris-
pèrent tout à coup fiévreusement, et quand il leva
les yeux sur elle, il vit, distinctement, qu'une
larme brillantait sa paupière.

— Jure-moi, fit-elle tout à coup, en rapprochant
son cheval de celui de Charles, jure-moi que tu ne
l'aimes pas.

— Et toi, l'aimes-tu ? répondit Charles.

— Qu'tes bête !

— Dis donc, Louise... si nous les laissions
ensemble, ne crois-tu pas qu'il font un joli couple.

Sans répondre, Louise courbant sa taille fine
vint apporter ses lèvres à Charles qui longuement
y appuya les siennes. Puis tout à coup il la
redressa en selle, et cingla de deux violents coups

de cravache, la croupe du cheval de Louise, en
même temps qu'il enfonçait ses éperons dans le
ventre du sien.

Les deux bêtes bondirent, et passèrent comme
un ouragan à côté de Risope qui leur cria :
« Qu'est-ce qui vous prend donc? »

— Nous sommes emballés, leur jeta Charles qui
disparut en un clin d'œil avec Louise.

Les deux chevaux galopaient à toute vitesse.
Derrière, Risope se démenait pour faire avancer
sa rosse à laquelle il avait réussi à faire prendre
l'allure d'un cheval de fiacre.

Charles et Louise, une fois hors de vue,
revinrent sournoisement à Robinson par un rac-
courci connu de Charles. Ils racontèrent que leurs
amis étaient derrière et qu'ils allaient arriver dans
quelques minutes. Et, heureux comme des éco-
liers en contrebande, ils s'enfuirent à Sceaux se
cacher dans le petit hôtel de l'année dernière.

— Tu vois bien, méchant, murmura Louise, le
lendemain matin, que la petite bête n'est pas
morte.

MON AMI LERICHE

MON AMI LERICHE

Si l'on prend la ligne de Paris à Tours, et qu'arrivé à Cloyes on manifeste l'intention, louable du reste, d'aller visiter la vieille tour historique de Mondoubleau, l'unique moyen de transport qui s'offre à vous est un vieux coucou antédiluvien, traîné par deux haridelles efflanquées qui mettent quatre mortelles heures à vous y conduire.

Il n'est pas superflu de dire que *mon ami* Leriche qui, depuis près d'un quart de siècle, occupe la position élevée de conducteur de cette vénérable diligence, a une affection tellement immodérée pour ses rosses diaphanes, qu'il se voudrait male-mort de les toucher du bout du fouet.

Les excellentes bêtes s'en vont donc cahin caha, à leur guise, tout le long de la route montueuse, et on a tout le temps de lier connaissance avec l'original qui tient les rênes.

J'ai dit l'original, et, de fait, dix pesants in-octavos suffiraient à peine à prouver la vérité de cette assertion.

Excellent homme, au demeurant, connu à vingt lieues à la ronde pour l'excentricité pittoresque de son langage, il est pourtant la terreur de ses char-mantes voyageuses, dont il bouleverse absolu-ment les idées sur la traditionnelle galanterie fran-çaise par le saugrenu et l'étrange énergie de son vocabulaire.

Chose bizarre, un poète se cache sous cette rude écorce.

Il m'avoua cette faiblesse à une montée, entre deux pipes, un jour que j'avais pris son antique *guimbarde*, comme il l'appelle, par un soleil de

feu qui grillait, perpendiculairement, la vieille
capote de cuir. Et comme je le priais instamment
de me faire savourer un échantillon de son talent,
il me dit, sans se faire trop prier, cette farceuse
épitaphe qu'il se composa un soir de désœuvrement :

Ci-gît un auteur peu connu
Qui fut trop adoré des belles ;
Il est mort comme il a vécu ;
Son dernier sou,
Son dernier soupir est pour elles.

Dans quelques dizaines d'années, si vous passez
par Mondoubleau, vous lirez peut-être cette
inscription sur une pierre tumulaire de son petit
cimetière, dont les morts dorment si bien à
l'ombre d'un rideau de cyprès qui frissonnent....

Le poète survivra, quoique inédit, au conducteur
d'omnibus.

Pour le moment, il vit, et joyeusement, je vous
l'assure, si l'on en doit croire l'étincelance cra-

moisie de sa trogne joviale et les rubis que le petit
bleu du pays lui a allumés sur le nez.

Donc, nous montions la côte doucement, paisiblement, au petit pas de ses rosses apocalytiques
qui se parlaient de temps en temps à l'oreille en
secouant pensivement leurs grelots, lorsque la
conversation, je ne sais comment, tomba sur la
Bretagne.

— Heureux pays, avouai-je, où l'on voit encore
des korrigans danser sur la lande au clair de lune ;
dernier refuge des sorciers, où les a confinés
l'incrédulité désolante de notre siècle sceptique.

— Oh! oh! fit Leriche, en branlant d'un air profond sa tête hirsute et fauve, oh! oh! dernier
refuge de sorciers... En êtes-vous bien sûr?

— Dam! objectai-je simplement.

— Et si je vous prouvais....

— Par une histoire?

— Oui, par une histoire, que le Perche, cette
suisse normande, comme on l'a appelé, a lui aussi
ses sorciers et ses naïfs?

— Oh! du moment que c'est une histoire, prouvez, prouvez tout ce qu'il vous plaira, mon digne ami.

Et je m'enfonçai bien commodément dans le coin assez peu rembourré de la capote.

« Vous voyez là-bas, commença-t-il, cette grande ferme couverte en ardoises qui flambent au soleil ? C'est là que s'est passée la chose.

« Un matin, son benêt de fermier s'éveilla avec cette idée baroque que sa fille était ensorcelée. La petite, une jolie brunette, qui touchait à sa dix-septième année, était, depuis quelque temps, toute pâlotte, toute mélancolique; elle maigrissait à vue d'œil, et on la trouvait souvent dans les coins à pleurer toute seule, sans qu'on sût pourquoi.

« Il n'était pas besoin d'avoir inventé le vola-puck pour trouver la cause de ce détraque-ment virginal... cela sautait aux yeux, à ceux du moins que ne bouchait pas la cataracte de l'imbé-cilité? N'êtes-vous pas de mon avis?

« — Absolument.

« — Et bien, les parents trouvèrent beaucoup
plus simple de déclarer leur fille ensorcelée... Et
voyez comme le hasard, d'aucuns diraient la Providence, fait bien les choses! Justement, sur ces
entrefaites, un *coureux* passa par la ferme.

« C'était un beau gars d'une trentaine d'années,
paresseux comme une gitane, et qui n'avait pour
toute position sociale qu'un métier non moins
étrange que peu classé, jusqu'alors, sur le registre
des patentes : il *était désorcelleux*.

« On le reçut à bras ouverts.

« Le paysan lui exposa ses craintes et lui présenta la Jeannette.

« Le bohême l'examina longuement, avec une
certaine contraction particulière du coin de la
lèvre, et un éclair mouillé dans le regard.

« — Je le croirais volontiers, fit-il enfin :
d'ailleurs, je vais m'en assurer. Emmenez-la ; elle
ne doit pas assister à l'opération.

« La petite s'en alla.

« — Maintenant, mon brave, allez me chercher
un seau d'eau, en ayant bien soin de le remplir

jusqu'au bord, et apportez-le moi sans en ren-
verser une goutte et sans regarder dedans.

Pendant que notre naît s'en va quérir le seau-
oracle, et l'apporte avec des précautions inimagi-
nables, le dessorcelleux tire rapidement de sa
poche un portrait quelconque, découpé en mé-
daillon, et le dissimule dans la paume de sa
main.

« Le seau, arrivé sans encombre, on appelle
toute la famille, la fille exceptée. Le moment est
suprême : le seau va parler.

« Le sorcier, d'un air recueilli, prononce quelques
paroles cabalistiques, qui pouvaient bien être du
pur argot parisien, et étend brusquement la dextre
au-dessus du seau, en commandant d'une voix
caverneuse : « Regardez. »

« On se précipite, et tout le monde de s'écrier
avec une conviction absolue :

« — Ah! c'est ben li! j'le r'connaissons ben ; c'est
le gas Houx, l'berger des Patissiaux ! Ah! le guer-
din! c'est li itou que j'soupçonnions!

« Bref, succès complet. Tous les gens de la ferme
avaient vu l'*imège*; tous avaient reconnu le « gas
Houx » dans le portrait caché dans la main de
l'opérateur.

« Et ce portrait quelconque, dont le reflet avait
mis en émoi toutes ces âmes naïves, était peut-
être celui de l'ex-prince impérial, du président de
la République ou d'une actrice de Paris. Qui sait,
peut-être celui de *Notre-Dame des Sept-Douleurs*,
présentant, sur un fond jaune, son cœur rouge
percé, selon l'immuable tradition, de sept poi-
gnards en étoile! »

« Il était donc bien et dûment avéré que la petite
était ensorcelée. La famille en avait la plus intime
conviction, et par conséquent, elle n'en était que
plus navrée.

« — Mon Dieu, dit le bohême, j'en ai dessor-
celé de bien plus difficiles que cela, et si vous
voulez suivre mes instructions à la lettre, je me
fais fort de la débarrasser du sort qu'on lui a jeté.

« On promit d'en passer par tout ce qu'il voudrait. D'ailleurs, il ne demandait point d'argent, ce qui plaidait fort en sa faveur, et n'agissait, disait-il, que dans leur seul intérêt. »

« — Oh! ce que je vous demanderai n'est pas difficile à faire, mais c'est indispensable au succès de l'entreprise : il faut absolument que je reste seul avec elle toute la nuit. Donc, vous allez coucher tous dans les écuries, là-bas, au bout de la ferme; moi, je reste dans la grange avec elle, et quoique vous puissiez entendre, vous ne viendrez me trouver que demain, au premier chant du coq : — elle sera guérie. »

« Tout se passa comme le voulut notre homme. Comment diable refuser? Il avait fait preuve d'une telle sagacité, d'une telle puissance d'incantation que la guérison était immanquable.

« Le lendemain, lorsque chanta le coq au point du jour, le fermier accourut tout anxieux à la grange; mais le sorcier n'était plus là. En revanche, il y trouva sa fille, qui lui raconta l'emploi de sa nuit — une histoire tellement abracadabrante que le brave homme se refusa énergiquement à y croire.

« — Un homme si savant! Avoir à ce point abusé de sa confiance! C'était impossible!

« Le traitement était au moins singulier. La petite s'en étonnait d'ailleurs plus qu'elle ne s'en plaignait, mais toute la famille était dans le désespoir.

« Neuf mois après, presque *nuit* pour *nuit*, un évènement, quoique très naturel, vient mettre en émoi la ferme et fournir aux assertions de Jeannette une preuve non moins palpable qu'indéniable.

« Eh bien! croyez-vous qu'enfin les paysans furent désabusés et bien édifiés sur le procédé de guérison — car Jeannette avait été guérie — employée par le sorcier?

« Vous les connaissez bien mal.

« Devant l'évidence du fait, l'innocence du *dessorceleux* fut solennellement reconnue : le fermier accusa le « gas Houx » du méfait, et sa fille — une gueuse — d'avoir profité de cette circonstance pour détourner les soupçons et faire endosser par un innocent la responsabilité de sa faute. »

Un lecteur. — Mais c'est une histoire des *Mille et une Nuits* que vous nous racontez là.

— Dam, M. Lecteur, si je mens, c'est après mon ami Leriche; allez l'entendre de sa propre bouche, si vous voulez (*), elle aura une saveur, un sel, un piment que je ne puis lui donner. Le drôle sait jongler à ravir avec les mots les plus... scabreux de la langue française, et les tours de phrases les plus fantaisistes, les effets de langage les plus inattendus, les fleurs de rhétorique les plus exotiques ne sont qu'un jeu pour lui.

Le train pour Cloyes part à midi vingt de Paris

(*) Cette nouvelle a été écrite voilà quelque cinq ans. Elle était vraie en ce temps là. Mais, aujourd'hui, une ligne de fer presque directe relie Mondoubleau à Paris. Le coucou de Leriche s'empoussière sous quelque hangar et mon pauvre ami plante aujourd'hui mélancoliquement ses choux.

et Leriche sera là-bas à vous attendre, facilement reconnaissable aux jurons pittoresques dont il a la spécialité.

UN AMI

UN AMI

ans tout le *quartier*, certainement, il eût été difficile de trouver une aussi joyeuse boite que
l'*Élysée Senlis*. Et ce surnom que
lui avaient décerné les locataires
il le méritait bien, le brave hôtel, habité,
des caves aux combles, par une colonie
d'étudiants, aussi tapageurs, aussi bons
vivants, mais aussi piocheurs, le cas
échéant, les uns que les autres. C'était,
toute la journée, un assourdissant brouhaha de portes claquées violemment,
d'apostrophes qui se croisaient dans le

sombre escalier, à peine éclairé d'un ou deux becs
de gaz clignotant, d'allées et de venues d'une
chambre à l'autre, de brusques effractions dans le
travail d'un copain qui avait à peine la ressource
de s'enfermer à double tour, au jour venu, toujours sans qu'on y pense, du coup de collier défi-
nitif pour un examen à enlever en quinze jours.
Les canettes pleines que montait le garçon, se
heurtaient, le long de la rampe, aux canettes vides
qui descendaient, avec leur cliquetis lamentable
de bouteilles inutiles. Tout le monde s'y connaissait, tout le monde s'y tutoyait : amitiés de rencontre, pour la plupart nées un beau soir dans une
vaste beuverie à travers les caboulots du quartier
latin, embrouillardées de fumée de pipe et de fumets
de bière, et consacrées définitivement le lendemain
devant le même verre de vin blanc, vidé sur le
petit zinc d'en bas, sous l'œil de la patronne, la
maman Tonoyot, comme on l'appelait, si pleine
d'indulgence pour l'inextinguible soif des lende-
mains.

Là, à part Henri Jousset, un carabin qui préparait son premier, chacun avait sa chacune. Lui,

préférait, disait-il, vivre sur le commun et ne pas
se donner l'embarras d'un *à part*. Il avait du reste,
— il aimait à le répéter — fait le tour de trop de
femmes, depuis les cinq ans qu'il était à Paris,
pour être épris d'aucune. Cela ne laissait pas que
d'inquiéter vaguement les autres qui le savaient
très roué en matière de séduction et s'étaient vus
maintes fois forcés de reconnaître son indéniable
supériorité. Grand, mince, sa redingote très
pincée à la taille, la tête haute et l'air hardi, il
avait ce regard bleu clair, impertinent et froid,
qui impressionne les femmes. Très dédaigneux
d'elles par tempérament, et par volonté plus
encore, il se jouait de leurs avances, et n'allait que
très rarement jusqu'au bout, n'aimant dans
l'amour que le commencement, et ne concluant
que lorsqu'il ne pouvait satisfaire sa perversité.

Une seule l'avait tenté des cinq ou six grisettes
qui partageaient, à l'Élysée-Senlis, la vie de
bohême, mi-laborieuse et mi-cascadeuse de la
bande étudiantesque. Celle-là, Henriette, une
blême brune aux yeux profonds, était la maîtresse
de Lupy, un très honnête garçon, au désespoir

d'avoir presque fini son droit, car il fallait songer
à rentrer dans la vie correcte. Le pauvre diable
était si bien attaché à Henriette qu'il était à peu près
résolu à briser avec sa famille pour se lier à tout
jamais avec Elle. Bah! ne ferait-elle pas une
meilleure femme que toutes les petites mijaurées
qu'on lui présentait, comme de futures épouses
possibles, chaque fois qu'il s'en allait dîner dans
sa famille. Ne lui avait-elle pas donné, depuis les
cinq ans qu'ils étaient ensemble, assez de preuves
de réelle affection, pour qu'il l'en récompensât, au
prix même d'une rupture absolue avec ses parents,
en lui donnant légalement le nom de Madame
Lupy, qu'elle portait déjà de fait à l'Élysée.
N'avait-il pas l'assurance complète de sa fidélité?
Fidélité d'autant plus méritoire, qu'il ne passait
presque jamais la nuit avec elle, son père, en
homme d'expérience, ayant tenu à ce qu'il rentrât
tous les jours fût-ce à trois heures du matin, au
logis familial. D'ailleurs, l'aurait-elle pu tromper,
celle qui le recevait avec une joie si candidement
caressante, et de bons gros baisers bien francs
plein ses belles lèvres rouges, chaque matin, alors

qu'il s'échappait de sa famille pour un prétendu cours de huit heures auquel il ne pouvait manquer, sous peine d'être refusé à son examen.

Un jour, vers neuf heures, avant de monter voir Henriette, il entra chez Jousset, rayonnant :

— Et bien ! c'est fait, mon cher, c'est décidé...

— Quoi ? interrogea celui-ci.

— Mais, je l'épouse.

— Qui ça ?

— Henriette.

— Henriette ! Tu épouses Henriette !.. Tu es fou, mon garçon.

— Mais non, balbutia Lupy, un moment désarçonné, je l'aime.

— Viens donc demain, avant huit heures, ici, je t'attendrai en bas, dans le zinc, j'ai à te faire une communication qui t'intéressera.

— Laquelle ?... dis-le tout de suite, fit Lupy, intrigué.

— Non, demain, avant huit heures, est-ce entendu ?

— Mais... Enfin c'est entendu.

Le lendemain, à l'heure dite, Lupy trouva

Jousset qui l'attendait en sirotant une absinthe
à petites gorgées.

— Allons, viens, dit-il. Et ils grimpèrent
l'escalier.

Arrivés au troisième, Jousset s'arrêta devant la
chambre d'Henriette.

— Tiens, la clef est sur la porte, remarqua Lupy
un peu pâle.

Sans répondre, et sans frapper, Jousset tourna
la clef dans la serrure et entra.

Henriette n'y était pas.

Jousset, froidement s'avança vers le lit.

— « Je te ferai remarquer, dit-il, du ton chanton-
nant d'un homme qui fait un cours, que le lit est
défait comme par la main malhabile d'une personne qui veut faire croire qu'elle a couché là. Or,
examine cette chambre, tout y est en ordre, et, fût-
elle sortie, — comme je lis cet espoir dans tes
yeux — pour faire quelque inexplicable course
matinale, il n'y avait nul besoin de tout ranger si
précipitamment. Voilà la toilette. La cuvette est
pleine d'eau légèrement salie, on s'y est donc lavé
les mains. Mais regarde, il n'y a qu'une seule ser-

viette de mouillée, donc on s'est lavé et essuyé les mains seulement. Donc toilette incomplète ; ce qui prouve que ta femme n'a pas couché ici. Maintenant je rappellerai ton attention sur le lit. Les draps sont à peine chiffonnés, les couvertures non défaites, l'oreiller, à y regarder de près, n'est pas *bouchonné* comme après une nuit complète. Il y a donc eu simplement quelques coups de poings donnés à la hâte pour tromper un œil peu exercé et une âme confiante — ce qui est ton cas. Autre symptômes, l'atmosphère de la chambre est absolument pure, ce qui ne serait pas si un être quelconque avait respiré ici huit ou dix heures. Enfin, ajouta Jousset en attachant son regard sur le pauvre Lupy, qui haletait, hagard et blême, devant ces révélations dont l'évidence l'écrasait, enfin dernière preuve que j'ai gardée pour la fin, parce qu'elle est concluante : ouvre la table de nuit.

Et il en tira le *vase* absolument vierge.

— Or, mon cher, il est impossible à une femme de passer une nuit dans une chambre sans se servir au moins une fois de cet ustensile là.

Et bien? l'épouses-tu toujours?

L'angoisse de Lupy était si terrible qu'il descendit les trois étages en s'appuyant des deux
mains à la rampe comme un homme ivre, sans
pouvoir articuler un seul mot.

Jousset le regarda sortir, titubant, hâve, la tête
baissée, et des deux mains se serrant la poitrine
comme pour s'aider à respirer.

Puis il rentra dans le café, en sifflotant.

— Qu'a donc monsieur Lupy, ce matin, fit la
mère Tonoyot, il est tout pâle et n'est pas entré
comme d'habitude prendre son absinthe.

— Ah! presque rien.... Sa femme l'a fait cocu
cette nuit, et il l'a su.

— Ah bah!... avec qui donc?

— Oh! mon Dieu! avec moi, fit Jousset.

Et comme la patronne, très au courant des
mœurs de son locataire, faisait un geste qui voulait dire « ça ne m'étonne pas » il ajouta en sou-
lignant le mot d'une façon très significative :

— Vous savez, entre nous, c'est pas une *bonne
affaire* que j'ai faite là.

A TRAVERS LA CLOISON

A TRAVERS LA CLOISON

Tiens ! le 38 est loué, remarquai-je en rentrant dans l'après-midi.

Un joyeux cliquetis d'assiettes chantait en effet dans la chambre voisine, et ce dialogue vint jusqu'à mes oreilles à travers la mince cloison qui nous séparait :

— Veux-tu du poulet (voix de femme).

— Oui (voix d'homme).

— Dis : oui, petite mémère adorée, pour en avoir.

— Qu't'es bête !

— Alors, t'en auras pas.

— Fais donc pas l'enfant.

— Dis : petite mémère adorée, donne-moi du poulet, si vous plait. Allons : p'tite mémère adorée....

— P'tite mère adorée... donne donc, voyons.

— Eh ben! monsieur! voulez-vous parler mieux que ça. P'tite mémère adorée....

— P'tite mémère adorée.

— Donne-moi du poulet....

— Donne-moi du poulet.

— Si vous plait.

— Si vous plait.

Et des envolées de rires se mêlaient aux flocs des bouchons qui sautaient.

Des amoureux, pensai-je, cela va être bien gênant. La voix de la femme pourtant avait des intonations rauques qui me semblaient détonner avec son rôle, et les « qu't'es bête! » de l'homme étaient jetés d'un ton où ne vibrait qu'une très-vague tendresse.

Un grand remuement se fit soudain. Des pieds

martelaient le plancher, des bouteilles s'épaulaient dans de furieux entrechats.

— Tu veux pas m'embrasser.

— Mais, nom de Dieu! laisse-moi donc manger.

Une lutte s'engagea, puis un bruit de verre cassé retentit, bruyamment.

— Je te l'avais bien dit, hurlait l'amoureuse d'une voix qui glapissait, tu n'en fais jamais d'autres. J'savais bien que tu le casserais! ça t'tenait! Tu y en voulais à ce verre là! Eh ben oui! j'y tenais, là!

— Parce que c'est Charles....

— Eh ben, après? j'm'en cache pas! oui, c'est un souvenir de Charles. C'est pour ça que j'y tenais, et c'est pour ça que tu l'as cassé. Sans cœur! grand lâche!

— Lâche!... Répète-le donc!

— Oui! Lâche! Lâche! »

Et la lutte recommença. De la table, brusquement renversée, dégringolèrent sur le parquet les assiettes, les bouteilles qu'écrasait un piétinement de semelles et de talons furieusement saccadé.

Des heurts soudains ébranlaient la cloison où rebondissaient des crânes qui faisaient boum! boum! pendant qu'à demi étranglée la femme râlait :

— Je le dirai, va! que tu n'es pas mon mari, voleur! Oui voleur! C'est toi qui l'as volé, le monsieur du troisième, je le dirai, oui je le dirai.

— Tu l'diras!

— Oui je l'dirai! oui je l'dirai! voleur! ah! ne me touche pas! ou j'appelle....

— Tu n'en auras pas le temps, j'vas te faire ton affaire auparavant.

— Toi! allons donc! t'es trop lâche! ah! n'approche pas! j'te fous cette carafe là par la gueule. Oh... ne... me pousse pas à bout!... tiens!

La carafe vint s'écraser avec un bruit sourd contre le mur.

— Ah! c'est que tu n'me feras pas comme à l'*autre*, à moi, vois-tu. Tiens! attrape!

Et j'entendis un dossier de chaise qui s'aplatissait avec un bruit mou contre un visage.

L'homme rugit : « Ah! salope » et bondit.

— A moi! à moi! Mais c'est qui m'étrangle! Au secours! à l'assassin! à l'ass.... »

Avec le choc assourdi d'un corps qui s'affalait, lourdement, j'entendis le bruit net d'un genou qui cognait le parquet et le froissement d'une étoffe brusquement déchirée. Puis un grand silence se fit, coupé de temps à autre par des sonneries de crâne trinquant contre le bois.

— Après tout, pensai-je, voilà des gens qui causent de leurs petites affaires. Je suis peut-être indiscret, je vais aller faire un tour.

Quand je rentrai, sur les cinq heures, je demandai au garçon : Il n'y a rien de nouveau dans la maison?

— Mais, non, me dit-il, pourquoi ça?

— Pour rien.

J'avais eu ce vague pressentiment qu'ils s'étaient assommés, et que j'allais être tranquille, à présent.

Une fois dans ma chambre j'entendis chanter, à côté, un joyeux cliquetis d'assiettes, et ce dialogue

vint jusqu'à mes oreilles à travers la mince cloison
qui nous séparait.

— Allons, chéri, dis : pardon p'tite mémère...

— Zut!

— Eh bien! monsieur, voulez-vous parler mieux
que ça! Voyons : p'tite mémère adorée....

— Qu't'es bête! »

UN DRAME DANS UNE COUR

UN DRAME DANS UNE COUR

e superbe pierrot que ça faisait, avec sa gorge miroitante cravatée de faille noire, et son étincelant gilet gris-perle qu'il étalait au soleil, en se rengorgeant, l'air fat, la queue en éventail, et en jetant, dans le silence de la vieille cour, d'étourdissants petits *piaï piaï* de satisfaction.

Il avait caché son nid dans l'angle d'un vieux mur plein de trous qu'avait laissés, entre les moëllons effrités et verdis, le ciment peu à peu émietté par le temps.

Une longue pierre grise mouchetée de

moisissures blanches saillait au-dessous, faisant balcon, et c'était là qu'il flânait, à journée entière, le lazzarone! s'ébouriffant dans le soleil, du bout de son gros bec qui luisait comme un diamant noir.

Sa pierrette, une active petite femelle, toujours en mouvement, voletait de ci de là, picorant aux fenêtres voisines les miettes de pain qu'y déposait, à son intention, quelque grisette compatissante. Elle les prenait d'un seul coup, à la volée, sans presque poser, au bord de la fenêtre, ses petites pattes fines, et s'en allait, sur le zinc d'une gout-tière tranquille, les triturer un peu avant de les porter à ses petits, déjà tout emplumés, et qui piaillaient à son approche, ouvrant tout grands leurs larges becs jaunes, pour recevoir la pâtée maternelle.

Lui piaï-piaillait toujours, se pavanant grave-ment, d'un bout à l'autre de son balcon, indiffé-rent et dédaigneux de ces menus soins du ménage.

De temps en temps la pierrette lui apportait à briser de gros grains de chènevis, tombés de quel-que cage des environs et trop durs pour son petit bec. Et, très digne, avec un air de condescendance, il les broyait d'un coup sec, et en déposait les morceaux à côté de lui, dédaignant d'aller les porter lui-même à la nichée.

Parfois, au lieu de les rendre, il les avalait goulûment, en allongeant le cou, comme une poule qui boit.

La maman criait, lui faisait une scène, l'appelait père dénaturé et lui cuicuitait que c'était honteux d'arracher le chènevis du bec de ses enfants. Mais lui, pour toute réponse, du bout de son bec se *faisait* les griffes ironiquement.

Je crus remarquer qu'il ne prenait point au hasard dans les grains de chènevis qu'il interceptait ainsi; qu'il choisissait au contraire; et que c'était *uniquement* quand ils venaient de la cage d'en face qu'il se les attribuait.

Ce n'était donc plus gourmandise, c'était... Oui, qu'est-ce que ça pouvait bien être?

Je flairai une intrigue.

La cage d'en face contenait deux serins, un vert, le mâle, ténorino insupportable, à l'étourdissant bagout, infatué de ses vocalises, dont il ne cessait de nous rabattre les oreilles, et un jaune, la femelle, svelte, mignonne, élégante et distinguée, depuis son bec d'or jusqu'à ses griffes roses.

Etait-elle lasse de son chanteur qu'elle boudait de façon évidente, ou bien la plébéienne cambrure et le gilet gris-perle de notre moineau l'avaient-ils séduite? Je ne sais. Toujours est-il qu'à l'aide de ma lorgnette je surprenais à chaque instant ses petits yeux noirs, amoureusement alanguis, se tourner du côté de la pierre grise où se pavanait le pierrot.

L'adultère était dans l'air.

Naturellement, ni la pierrette, ni le serin vert, ne se doutaient de leur infortune.

Un jour, le Dieu des amoureux permit que la cage de nos serins fut laissée à demi ouverte.

Bêtement, lourdement, le serin vert prit sa volée et, gris d'air libre et de lumière crue, fila à tire d'aile par dessus les maisons, vers les arbres du Luxembourg, dont les floraisons nouvelles l'attiraient.

La serine hésita un moment. Mais soudain un intense coup de soleil incendia la pierre grise, allumant des émeraudes dans la mousse du vieux mur, et mettant des miroitements dans l'irrésistible gilet gris-perle.

La serine était perdue.

Elle vint comme une petite folle se percher toute frémissante sur le balcon du moineau. La pierrette heureusement n'était pas là ; il n'y avait plus de pain sur les fenêtres et elle était partie en quête de nourriture, par delà les maisons.

Notre Lovelace poussa un *piaï piaï* de triomphe retentissant comme un éclat de trompette. Il sonnait l'hallali de la pudeur de la pauvrette. Et, brutalement, sans crier gare, en amant qui sait qu'on l'aime et qu'on lui pardonnera tout, il fondit sur elle, et la *prit*, à peine posée, sur le bord de la vieille pierre, tout à côté du nid, presque sous l'œil de ses petits, heureusement trop jeunes pour comprendre...

Et ce furent des ébats indescriptibles, de piaïpiaï et des cuiccuic entremêlés, des ailes enlacées et des plumes qui volaient.

Tout à coup quelque chose s'abattit comme une trombe sur les deux coupables. Un vigoureux coup d'aile envoyait rouler le moineau dans un coin, pendant que la serine, la tête ouverte d'un coup de bec, râlait sur la pierre.

C'était la pierrette qui revenait. Ils l'avaient oubliée dans leurs transports. Elle se vengeait, vitriolant à sa façon son infortunée rivale.

Puis elle rentra dans son nid, s'essuya le bec sur un brin de paille qui pendait et reprit, indifférente, son train de vie habituel.

Revenu de sa stupeur, le pierrot s'approcha, en sautillant, de la serine, raide à présent, les ailes ouvertes, les pattes rigides, la queue étalée, presque encore dans l'attitude amoureusement abandonnée du flagrant délit.

Il la fixa un instant de son œil noir et jeta un regard rapide sur son beau gilet gris-perle pour voir s'il n'avait point été éclaboussé dans la bagarre; puis, cruel comme un être humain, d'un coup d'aile il envoya la morte rouler dans la cour.

Que lui importait, à cette heure : il avait passé son caprice.

DU MÊME AUTEUR

CHEZ GIRAUD

PROSES DÉCADENTES

Un joli volume in-18 raisin, illustré de culs de lampes et de lettres ornées, avec une *préface rétrospective*, 3 francs.

SOUS PRESSE

LES FROMAGES, vers symboliques.

Une jolie plaquette in-16 raisin imprimée en bistre sur papier bis d'Archettes, tirée à 150 exemplaires seulement, avec une préface d'Emile Zola.

PROCHAINEMENT

LES RIRES JAUNES, poésies.

Avec une préface de J. F. Raffaelli.

EN PRÉPARATION

LA JUPE, roman analytique.

FEND-L'AIR, roman de mœurs percheronnes.

TABLE

Achevé d'imprimer

SUR LES PRESSES DE « LUTÈCE »

Le quinze mars mil huit cent quatre-vingt-six

POUR

E. GIRAUD ET CIE, ÉDITEURS

PAR

LÉON ÉPINETTE, IMPRIMEUR

16, boulevard St-Germain

PARIS

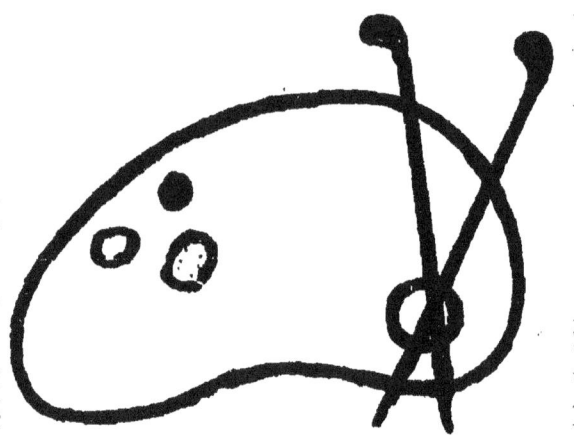

Original en couleur

NF Z 43-120-B

www.ingramcontent.com/pod-product-compliance
Lightning Source LLC
Chambersburg PA
CBHW070203030726
47505CB00006B/1566